DAWN HUSTED

lâmina da ESCURIDÃO

Traduzido por Wélida Muniz

1ª Edição

2023

Direção Editorial: Anastacia Cabo
Tradução: Mariel Westphal
Revisão Final: Equipe The Gift Box

Arte de Capa: BookCover Zone (capa cedida pela autora)
Adaptação de Capa: Bianca Santana
Preparação de texto e diagramação: Carol Dias

Copyright © Dawn Husted, 2017
Copyright © The Gift Box, 2023

Todos os direitos reservados.
Nenhuma parte do conteúdo desse livro poderá ser reproduzida em qualquer meio ou forma — impresso, digital, áudio ou visual — sem a expressa autorização da editora sob penas criminais e ações civis.
Esta é uma obra de ficção. Nomes, personagens, lugares e acontecimentos descritos são produtos da imaginação da autora. Qualquer semelhança com nomes, datas ou acontecimentos reais é mera coincidência.

Este livro segue as regras da Nova Ortografia da Língua Portuguesa.

CIP-BRASIL. CATALOGAÇÃO NA PUBLICAÇÃO
SINDICATO NACIONAL DOS EDITORES DE LIVROS, RJ
Gabriela Faray Ferreira Lopes - Bibliotecária - CRB-7/6643

H964L

Husted, Dawn
 Lâmina da escuridão / Dawn Husted ; tradução Wélida Muniz. - 1. ed. - Rio de Janeiro : The Gift Box, 2023.
 192 p.

 Tradução de: Scythe of darkness
 ISBN 978-65-5636-226-7

 1. Ficção americana. I. Muniz, Wélida. II. Título.

23-82044   CDD: 813
           CDU: 82-3(73)

*Para os meus filhos,
Que vocês realizem seus sonhos e que não permitam que
nada se interponha em seu caminho.*

agradecimentos

Eu jamais teria tido tempo nem energia para escrever este livro se não fosse pelo meu marido, James. Seu apoio constante foi um colete salva-vidas de coragem a que me agarrei com frequência quando dúvidas sobre a escrita me atormentavam. Ele nunca viu a minha escrita como um simples passatempo.

Também quero agradecer à minha maravilhosa editora, Kelly Hopkins. Eu havia entrado em uma competição e enviei as primeiras páginas do meu manuscrito para ela. Kelly não *tinha* obrigação de responder, foram centenas de inscrições, mas ela teve a consideração de me enviar um e-mail com uma breve avaliação. Meses depois, ela se tornou a editora deste livro. Sem ela, o lançamento de *Lâmina da escuridão* talvez jamais tivesse acontecido.

Gostaria, também, de agradecer aos meus parceiros de crítica: Leila Oicles, Jessica St. Louis, Erin King e Gayle Clemans. Também às minhas revisoras: Audra Arnold e Chauma Smith Guss. Vocês foram indispensáveis para o processo, e sou muitíssimo grata. Suas opiniões e as horas que gastaram me ajudando foram o que permitiu que meus rascunhos se transformassem em um livro.

Stacy e Audra, vocês são as melhores irmãs. As únicas que tenho. Qualquer dia desses, a gente vai atravessar aquele tapete juntas.

A compulsão para encontrá-lo me deixou um pouco enlouquecida.

Meus joelhos tremiam, fazendo minha cama de casal vibrar; a cabeceira batia na parede como se fosse código Morse. A inquietação tomou conta dos meus pés. Queria que meus pais fossem embora logo.

No mesmo instante em que lancei outra faca, uma batida chacoalhou a porta.

— Mia, estamos indo. Tem certeza de que não quer vir junto? Tomar um ar fresco? — encorajou minha mãe, usando sua voz de orientadora psicológica, um efeito colateral de passar anos como conselheira na escola em que meu irmão mais novo estudava.

Atirei minha terceira faca, cravando-a perto das outras. Atirar facas acalmava meus nervos, e eles estavam vibrando feito celulares na sala de estudos. Para me deixar ainda mais angustiada, o aniversário do meu sequestro estava se aproximando.

Saí da cama e respirei fundo antes de abrir a porta. Minha mãe me lançou um sorriso cheio de dentes, tentando esconder a razão por detrás da pergunta. Eu sabia o que ela não estava dizendo: não ir com eles à feira era incomum.

— Você está se sentindo bem? É por causa do Trip?

Trip e eu terminamos na semana passada, mas isso nem passou pela minha cabeça.

— Mãe, sério. Tenho uma tonelada de dever de casa... prova de química, isso sem contar uma redação enorme para fazer. — Apenas oito meses para concluir o segundo ano. Eu havia preenchido o questionário obrigatório da Berkeley semana passada, mas a parte da redação ainda estava por concluir.

Evitei o seu olhar. Ela era boa para dizer quando eu estava mentindo. Precisava me mover, nada de olhar em seu rosto. Saí de vista e puxei os cabos vermelhos do alvo, um a um. Não queria que ela pensasse que estava armando alguma coisa. Meu talento incomum havia deixado algumas cicatrizes disfarçadas na porta.

Minha mãe deslizou ainda mais o rosto para o lado e estreitou os olhos como se tentasse ler meus pensamentos. Madeixas bastas castanho-escuras deslizaram por seu ombro bronzeado. Meu cabelo havia sido amaldiçoado com a falta de volume, já que herdei o liso lambido do meu pai.

— Tudo bem. Amo você, Mia — respondeu ela, para em seguida me dar um beijo na testa, talvez esperando que eu fosse mudar de ideia, e saiu.

Soltei um longo suspiro aliviado.

Se eu fosse com a minha família para a feira e esbarrasse com ele de novo, minha mãe com certeza estaria me vigiando de perto, deixando a interação ainda mais estranha. Ela possuía uma habilidade incomum de se intrometer na minha parca vida social sempre que possível.

Uma vozinha lá no fundo da minha mente — não era bem uma voz, estava mais para *algo*, tipo uma coceira lá dentro que não dava alívio — me compeliu a encontrar o Mega Olhos. E que lugar melhor do que na feira, o mesmo lugar em que esbarrei com ele dois dias atrás? O dia em que, sem querer, esmaguei um cesto de nachos em sua camisa. Será que eu o conhecia de algum lugar?

O Mega Olhos não estudava na minha escola; eu o teria visto pelos corredores. Quem era ele? Seus olhos tinham cores diferentes, heterocromia ocular, razão pela qual o apelidei de Mega Olhos.

Apanhei minha mochila na cadeira redonda no canto do meu quarto, coloquei meu livro de química lá dentro, e também os binóculos e a câmera que tio Shawn havia me dado.

Meus olhos se fecharam e ouvi a porta da frente fechando.

Bum.

Corri até a janela e observei os três irem na direção da rua. Meu irmão de oito anos, Bennie, balançava as mãos dos meus pais para frente e para trás enquanto seguiam para o carro. Eles iam de carona com os vizinhos.

Com o peito mais leve, meu pulso acelerou. Era agora ou nunca.

Desci as escadas dois degraus por vez. O cheiro de pipoca flutuou pelo meu nariz quando saltei por cima do corrimão de mogno e disparei para a cozinha para pegar um lanche para levar; em seguida, fui para a garagem atrás da minha bicicleta.

Velhas caixas de lembranças estavam alinhadas lá nas beiradas, deixando espaço apenas para o nosso único carro. Eu me aproximei do capô da van antiga, amassei uma caixa com a bunda e saí do outro lado. A bicicleta era importante; eu precisava de algo rápido para conseguir voltar para casa antes dos meus pais.

Desci a Ponderosa, o asfalto irregular vibrava do assento até o meu pescoço; em seguida, virei na Birmigham, um pequeno desvio para me esquivar dos meus pais. Debaixo de uma ponte antiga, os sem-teto se amontoavam nos cantos escuros; alguns solitários encaravam as luzes. O barulho soava ao longe, a quadras de distância.

O alto da torre da caixa d'água pontilhava o céu, além das árvores grandes demais e dos telhados. O sol se aferrava às nuvens, e raios lavanda delineavam o horizonte.

Pedalei mais rápido.

Minutos depois, cheguei à caixa d'água. Ao longo da cerca, uma placa com letras vermelhas avisava que a entrada era proibida. Enlacei os dedos no alambrado e olhei de um lado para o outro. A entrada em propriedades do governo não era permitida, mas, como eu só tinha dezessete anos, invasão de propriedade não teria um grande impacto nos meus registros.

A bicicleta ficou mais pesada quanto mais eu subia; a armação de alumínio escapou de minhas mãos, fazendo as rodas tombarem para o lado.

Então chegou a minha vez.

Tum.

Fiquei lá embaixo, olhando para cima. Uma escada da altura dos ombros se erguia do concreto até o passadiço estreito que contornava o centro do topo bulboso. A torre parecia um removedor de cerúmen, só que de cabeça para baixo. As letras grossas e vermelhas pintadas ao redor da caixa d'água tinham começado a desaparecer, mas ainda dava para ler o nome da cidade: Gaige, Texas.

Parei de supetão. A sensação de uma geleira se agitava pelo meu peito abaixo e se reuniu na boca do meu estômago. Inclinei-me para frente, agarrando a escada de metal para me equilibrar. A geleira se transformou em um iceberg se movendo por água geladas.

Apertei a escada e minhas unhas cravaram na palma das mãos. Por que aquela dor começou do nada? Eu queria que ela parasse!

A vozinha lá no fundo da minha cabeça me disse para subir. Não fazia sentido nenhum, mas, de alguma forma, eu sabia que Mega Olhos não estava longe. O lado direito do meu cérebro listou a probabilidade de encontrar um estranho qualquer na multidão caótica da feira. Mas eu precisava tentar.

Subi, mesmo sentindo dor, e foi difícil respirar.

Lá em cima, caí no passadiço.

Os icebergs sumiram. O que estava acontecendo?

Respirei fundo, tirei a mochila e peguei os binóculos. Na mesma hora, comecei a vasculhar de longe a multidão gigantesca. Tambores trovejavam nas ruas preenchidas com milhares de pessoas, e vozes clamavam ao longe. Bandeirolas laranja tremulavam. Lampejos de luzes azuis brilhavam de quando em quando acima do mar de cabeças. A música de uma banda ribombava do palco, e o lamento das guitarras se perdia ao fundo.

Peguei a pipoca, ainda concentrada nas hordas de gente. Enfiei tudo na boca sem desviar o olhar.

Um empuxo magnético, mais forte que antes, conduziu meu olhar para a extremidade da feira.

Dez batidas depois, eu o encontrei; pela primeira vez, a sorte estava ao meu lado.

Perto do lado de fora, atrás da tenda da corrida de porcos e diante da Casa dos Espelhos, Mega Olhos atravessava devagar um grupo de meninas usando shorts curtos e blusas de alcinha. Eu o observei com reverência enquanto ele se espremia ao passar. O garoto usava camisa xadrez de manga longa e luvas pretas, assim como há dois dias.

Por que ele usava roupas tão quentes? Estávamos em setembro.

Mas, eu precisava admitir, ele me atraía. Meus olhos se fixaram em suas costas conforme ele vagueava pela multidão. Enfiei mais uma mãozada de pipoca na boca, depois larguei os binóculos e tirei algumas fotos. Minhas mãos tremiam, dificultando o foco da câmera. *Acalme-se, Mia.*

Apanhei os binóculos de novo e me concentrei. O alcance era tão bom que parecia que eu estava de pé bem ao lado dele.

O garoto parou de supetão para conversar com uma loura alta que usava um modelito de couro vermelho, uma menina tão singular e bonita quanto ele, mas com o corpo muito mais curvilíneo que o meu. Seus saltos combinavam com o vestuário chamativo, e o delineador escuro que contornavam seus olhos lembrava um guaxinim raivoso. Meus dedos se contorceram nos chinelos de borracha.

Pela forma como estavam a centímetros um do outro, ficou claro que Mega Olhos e ela se conheciam; ele estava com os braços cruzados. Estreitei os olhos. A mão da menina ainda estava no quadril conforme ela esquadrinhava a multidão; a expressão séria deixou um sabor desagradável na minha boca. Então ele franziu o cenho no meio da conversa. O garoto descruzou os braços quando um grupo de crianças magrelas da idade do meu irmão trombou com uma lixeira que derramou o conteúdo estragado perto das botas dele.

Seu foco voltou para a menina. Os lábios dela se moviam rápido demais para tentar lê-los, o fato de me faltar habilidade para isso dificultava ainda mais as coisas. Mas a forma como os lábios *dele* se pressionaram conforme o queixo quadrado se projetava para baixo destacou uma palavra: Mia.

A menos que ele tenha dito "mim" e não "Mia".

Os binóculos bateram no meu peito, e eu congelei. Eu tinha visto direito? Ele disse mesmo o meu nome?

— É claro que não. — Muitas palavras se pareciam com o meu nome: mira, minha, milha, melão, se deixássemos o *lão* de fora. Talvez eles estivessem fazendo planos para o jantar, ou para um milhão de outras coisas que nem cogitei. Apostava que ele não fazia ideia de quem eu era. Como saberia?

Voltei a erguer os binóculos devagar.

No segundo que o encontrei de novo, seu rosto se ergueu de repente, em direção às sombras em que eu estava escondida; recuei de supetão, os binóculos escorregaram de minha mão e bateram no parapeito.

Eu estava vendo coisas?

Apanhei-os e voltei a olhar, mas ele já tinha ido. A garota, também. Percorri cada cabeça, cada rosto, mas ele não estava lá.

E, assim, aquele empuxo desapareceu.

O outro lado da linha ficou mudo.

— O cara do nacho? — perguntou Kurt. — O que tem ele?

Me abrir sobre a noite anterior com Kurt tirou um peso imenso do meu peito, o que me deixou um pouco menos aflita.

A dor insuportável no meu estômago enquanto eu subia na torre o preocupou mais do que o fato de eu meio que ter perseguido alguém.

— Você contou para os seus pais? Seu pai é médico.

Kurt virou meu amigo na quarta série, quando se mudou para a cidade.

— Kurt, ele é especialista em *sono*. Não cuida de outras doenças — lembrei a ele, pela enésima vez.

— É, mas ele ainda frequentou a faculdade de medicina. — A voz dele ficou distante, e foi difícil ouvir por cima da música que de repente estourou em seu quarto. Eu não podia achar ruim por ele se preocupar. Eu quase nunca ficava doente, mas odiava consultórios e aguentava qualquer doença até ela sumir. Então mencionar algo para ele significava que mesmo *eu* estava um pouco preocupada.

Com o telefone na mão, abri as cortinas listradas e me acomodei no assento acolchoado da janela. A copa do imenso carvalho lançava uma sombra considerável na frente da casa.

— A dor já passou agora? — perguntou ele.

— Já. Escafedeu. Deve ter sido nervosismo ou algum acaso, talvez algo que eu tenha comido. — Eu estava dizendo a verdade; me sentia muitíssimo bem no momento.

Atendendo ao pedido de Kurt, enviei alguma das fotos enquanto ainda estávamos ao telefone.

Uma voz abafada entrou na conversa, soando distante.

— Não conheço mesmo — ele gritou.

— Ei, você acabou de me colocar no viva-voz? — perguntei, ao clicar na tela para virar para vídeo. A imagem minúscula estava imóvel, mostrando o teto bege dele. — Kurt! — gritei, acima do ruído de carros misturado com batidas de pé. Kurt reuniu diferentes sons e batidas pela cidade e as juntou para fazer sua própria versão do que chamou de rock de rua. — Que merda você está fazendo?

A imagem se moveu do teto e se transformou em uma dele arrumando o cabelo no espelho. Ele puxou as pontas, espalhando-as em ângulos diferentes até estar satisfeito com a aparência de cada ângulo minúsculo.

— Por que você está se arrumando todo? — Lanço-lhe um olhar penetrante, um que ele não veria, já que não estava prestando atenção ao telefone. — Não me diga que já tem outro encontro.

Ele podia ser louco por meninas, mas sempre foi bom para trocar ideia, exceto quanto a essa única coisa que eu não tinha contado a ele, mas que do nada decidi contar. E agora ele nem sequer estava ao telefone me fazendo ouvir suas palavras de sabedoria.

Kurt ergueu as mãos, rendendo-se, ainda encarando o espelho.

— Do jeito que você falou, parece até que é ruim.

Não era necessariamente ruim, mas ele estava saindo com uma garota atrás da outra esses tempos.

— O que houve com a Lacy?

— Não *clicou*, sabe?

Sabia. Afinal de contas, foi por isso que eu e Trip terminamos. O clique não aconteceu, mas Trip foi o único cara com quem eu já saí.

— Divirta-se. Vejo esse seu rabo mais tarde.

Desliguei e fui lá para baixo, pronta para ajudar com o almoço de domingo. Uma placa de madeira enfeitava a mesa do corredor. Nosso sobrenome, Hieskety, estava pintado com pinceladas longas e rebuscadas sobre o veio ondulado.

Cozinhar em família aos domingos era uma tradição, e também a refeição mais robusta da semana. Tentei escapar dos preparativos uma vez, mas meus pais eram insistentes, então, mesmo relutante, abri um horário para o almoço de família. A gente fazia isso desde que me entendia por gente. Por que não trocar para as terças ou quintas-feiras, ou para basicamente qualquer outro dia? Algo em sempre ter que me sentar em uma mesma hora, ano após ano, semana após semana, domingo após domingo, me irritava.

O barulho de tigelas e panelas vinha da cozinha no fim do corredor. Me arrastei até lá.

— Aí está você! Pega! — Minha mãe me jogou uma cebola roxa, e comecei a picar. — Você parece um pouco cansada. Dormiu bem?

Respondi com um dar de ombros, não querendo reviver o mesmo

pesadelo embaçado pela enésima vez. Meu cérebro ficava em uma velocidade vertiginosa essa época do ano. Só queria me esquecer do sequestro. Bloquear aqueles dias o máximo possível. Além da memória vívida de que fui levada para Houston, o pesadelo não continha detalhes específicos, mas também não me fazia parar de acordar suando frio noite após noite. Ainda mais porque o sequestrador não chegou a ser capturado.

Na manhã seguinte na escola, Kurt virou no corredor mais rápido que o normal com passos rígidos como os de um membro da guarda da rainha.

— Mia! — gritou ele.

Fiz sinal para ele falar mais baixo. Eu estava péssima e a falta de noção de volume dele não ajudava. Uma dor surgiu na minha garganta e meus braços formigavam como se todo o meu corpo estivesse dormente. Talvez eu precisasse de óculos mais fortes porque, do nada, comecei a sentir dor de cabeça também.

— Ele está aqui — sussurrou, como se fosse um mal presságio.

Guardei o pesado livro de química no armário.

— *Quem* está aqui? — exigi saber, não me deixando abalar pela dor ao pegar o que eu precisava para a aula de jornalismo.

Ele se aproximou mais, como se estivesse dando uma informação supersecreta.

— Mega Olhos. — Abaixou a voz ao falar entre dentes cerrados, com os lábios mal se movendo. — O das fotos.

Agarrei a barriga.

Ele olhou para baixo.

— Você precisa ir para a enfermaria — insistiu ele.

Eu não estava escondendo o que sentia tão bem quanto pensei, mas dane-se.

— Você acabou de me contar que ele está aqui. Não vou para a enfermaria. — Pausei e belisquei o alto do nariz, respirando fundo quando o latejar penetrante se espalhou em uma onda monstruosa de dor pela minha cabeça. Respirei fundo, querendo que parasse. Agora eu sabia a razão para essas dores, estavam atreladas a ele de alguma forma. Eu tinha certeza. —

Preciso encontrar o cara primeiro. Onde você o viu? — Fechei o armário e puxei a alça da mochila para o ombro. As luzes do corredor não estavam ajudando em nada a minha dor de cabeça; o brilho forte e ofuscante se refletia no piso reluzente.

Kurt esticou o braço no armário, bloqueando meu caminho.

— Promete que, se continuar com esses *problemas*, você vai ver a enfermeira. — Ele plantou os pés e segurou meu braço. Estava óbvio que só me deixaria passar quando eu concordasse. Mas antes que pudesse fazer isso, seus olhos dispararam para cima do meu ombro. Virei-me para ver o que ele encarava: Lacy.

Outra onda de agonia. Respirei bem fundo.

— Como foi o encontro?

Ele deu de ombros.

— Bom. — Um segundo depois, aquele iceberg horroroso no meu estômago sossegou, e as ondas latejantes nas minhas têmporas praticamente desapareceram.

Praticamente.

— E onde mesmo você viu o cara? — voltei a perguntar.

— Não sei. No corredor, indo para o outro lado, depois ele virou lá e sumiu. Mas o cara está aqui. Tenho certeza.

O sinal tocou. Cinco minutos antes de contar como atraso.

Eu não tinha nenhuma aula com Kurt esse semestre, então ele foi para um lado, e eu segui para a de jornalismo. O Sr. Kapoor era meu professor preferido, e tão apaixonado pela disciplina que ensinava que quase beirava à excentricidade.

Ele acenou quando entrei na sala, velhos artigos de jornais estavam pendurados em molduras ao longo das paredes que abrigavam vinte e nove carteiras. Eu me sentei na frente e apoiei a cabeça; o latejar havia retornado.

Meus dedos também doíam. Mas que porra? Eu não gostava nada de ir à enfermaria e ter todos os holofotes virados para mim. Mas talvez fosse melhor eu ir. A pressão entre as minhas têmporas estava enlouquecedora, e o iceberg do mal havia voltado também.

As vozes na sala rugiram com uma intensidade que nunca vi na vida. Ao me sentar, consegui tirar a mochila do ombro e jogá-la no chão, tudo com os olhos fechados. O frio desagradável no meu estômago se transformou em um vendaval arrasando tudo. Cada sopro batia em mim como se fosse uma turbina de avião.

Agarrei a barriga, mas o latejar da cabeça ficou mais forte. Então agarrei a cabeça. Depois a barriga exigiu atenção. De repente, todas as vozes ali na sala se calaram. Um zumbido chato se acomodou no vácuo entre as minhas orelhas, depois se transformou em um repicar alto, como se sinos dobrassem pelos mortos, até a dor passar por completo.

Eu estava com medo de abrir os olhos.

Abri um, depois o outro. Cada aluno estava à mesa, ninguém prestava atenção em mim. Tiravam o computador da mochila e davam início à rotina matinal. E *ele* estava de pé à porta. Mega Olhos.

O Sr. Kapoor olhou para lá, nada espantado com a presença do cara.

— Ah, sim. Sr. Sperren. Estava esperando sua chegada. — Ele ergueu os braços para a porta e fez sinal para Mega Olhos entrar. — Turma. Thanatos Sperren é novo na cidade.

E, naquele instante, o nome pelo qual estive procurando foi entregue a mim como se ele fosse um estudante qualquer, matriculado como todos os outros. E o nome não me soou nada familiar.

Ele, Thanatos, *Thanatos*, que nome estranho, ficou à porta por mais um segundo antes de entrar na sala. Quando os dedos enluvados se desvencilharam das alças da mochila de couro, alguns alunos debocharam. Usar luvas não era nada normal. Uma camisa azul xadrez de manga curta abraçava seus bíceps. Os braços tonificados ondularam quando ele cerrou os punhos ao lado do corpo. Ao contrário da feira, o cabelo muito louro estava exposto como se fosse uma aranha em um jarro de vidro.

Para além dos punhos cerrados, o deboche não pareceu incomodar o cara conforme ele caminhava pela frente da sala e, sem muito alarde, entregou ao Sr. Kapoor um papel pardo com cara de documento. Então seus ombros se viraram para mim. Ele se aproximou. Eu esperava que o garoto me lançasse um olhar melancólico, mas não aconteceu.

Ele nem reconheceu a minha presença. Na verdade, a única coisa que reconheceu foi a minha mochila bloqueando seu caminho quando a chutou para o lado e seguiu caminho até uma carteira livre lá no fundo.

Trudy, uma menina que fingia ser amiga de todo mundo, mas que na verdade era amiga apenas de si mesma, se inclinou e abriu um sorriso malicioso.

— Quem é o gatinho? — ronronou, admirando a bunda delineada pelo jeans enquanto ele seguia pelo corredor. Eu não sabia com quem estava mais irritada: se com Thanatos, por não reconhecer a minha presença, ou com Trudy, por chamá-lo de gatinho.

O que eu achei que fosse acontecer quando nos conhecêssemos? Tudo, menos isso.

Ficou claro: ele não se lembrava de mim nem parecia ter qualquer dos impulsos dolorosos que eu tinha quando ele estava por perto. No momento, o iceberg e o latejar da cabeça estavam longe, como se tivessem ido embora; mas, se eu me esforçasse, conseguia tocar um tico de dor com a ponta dos dedos. Talvez eu tivesse criado todo esse cenário de "ele e eu" na minha cabeça... fruto da irracional perseguição à distância.

O que havia de errado comigo? Eu não podia ignorar a vozinha na minha cabeça que me fazia sentir como se eu estivesse enlouquecendo.

Durante toda a aula, senti Thanatos me encarar... eu acho. Será que imaginei seu olhar abrindo um buraco entre os meus ombros? Cauterizando um túnel em miniatura através das minhas costas e marcando suas iniciais nos músculos do meu coração? Pressionei a língua no céu da boca, me perguntando se o gosto do chamuscar também era coisa da minha cabeça.

Na hora que o sinal tocou, ele disparou por mim em direção à porta.

Nadei em meio à loucura dos corredores e fui em linha reta até o meu armário. Quando o abri, um bilhete caiu no chão com a palavra *PODRE* escrita lá no meio. Fazia anos que eu não recebia essas mensagens anônimas... desde que minha amiga que andava comigo, que foi sequestrada comigo, nunca mais voltou. Por um ano depois daquilo, fui chamada de Mia Apodrecida por todos os alunos da escola, porque nem mesmo o sequestrador me quis. E apesar de eu estar feliz pelo sequestrador não ter me querido, assim, quem não estaria? De alguma forma, saber que fui devolvida sem a Julie me fazia *sentir* como lixo apodrecendo na lixeira.

Com uma pontada de angústia, amassei o papel e o joguei no chão.

Um dos meus pen drives caiu por trás do meu casaco, e fiquei na ponta dos pés para tentar alcançá-lo, tateando os cantos frios e cheios de migalhas com a ponta dos dedos. O mindinho tocou algo retangular, e peguei o dispositivo, agradecida pelo registro eletrônico da minha vida escolar não ter caído na fresta que dava no armário de baixo. Puxei a mochila para frente e o coloquei no bolso de cima.

Às minhas costas, eu o senti se aproximar. Com a cabeça ainda no armário, encarei o chão. Botas pretas de amarrar. Com certeza não era Kurt e seus All Star inseparáveis.

Respirei fundo e fechei o armário, revelando exatamente a pessoa a quem eu temia que pertencessem, e desejando o contrário: Thanatos.

Três

O corredor ruidoso estava apinhado com professores e alunos se deslocando entre as aulas. Sapatos se arrastavam e conversas em voz alta ricocheteavam pelas paredes, competindo em volume. Thanatos estava a trinta centímetros, com um sorriso estonteante curvando um dos cantos dos seus lábios. Ele cheirava a couro com um toque de baunilha.

Minha reação foi hesitante; pisquei devagar, pensando em simplesmente ignorá-lo, mas ele não foi embora. Meu coração bateu nos ouvidos.

Até alguns dias atrás, Trip era o único cara em quem eu pensava. Eu nunca nem sequer ouvi falar de Thanatos, então por que ansiava encontrar esse estranho de luvas e cabelos louros? Havia algo nele que me atraía. E, lá na torre da caixa d'água, eu poderia jurar que ele tinha olhado direto para mim. Mas agora uma vaga dúvida começava a se infiltrar, contradizendo os pensamentos enganosos fervilhando no meu cérebro. Não sabia o que pensar nem o que sentir, mas sabia que não gostava muito do garoto no momento. Ainda assim, aqui estava ele.

Desde que ele havia chutado minha mochila mais cedo, decidi que não lhe daria toda a minha atenção. Não poderia fingir que não o notei assim como ele fez comigo na aula. Endireitei os ombros, ignorando a fúria fervilhando no meu peito.

Dei uma olhada rápida para o meu armário e voltei a abrir a porta. Escondi o sorrisinho quando as botas recuaram um passo, logo antes de eu fazer um movimento com o ombro e derrubar minha mochila roxa nos dedos dele.

Eu não precisava de nada dali. Enfiei a mão no armário, fingindo procurar alguma coisa, qualquer coisa.

Pelo canto do olho, vi a mão enluvada abaixar e um único dedo agarrou a alça da mochila e a ergueu do chão reluzente.

Soltei um suspiro exagerado e enquadrei os ombros.

— Qual é a sua? — Cruzei os braços e soltei meu melhor bufo.

Os olhos bicolores cravaram os meus, e o formigar do iceberg começou a se agitar no meu estômago, mas não senti dor. Dessa vez, foi como se algo se expandisse, me puxando para mais perto dele. Como se o cara fosse um imã, e eu estivesse correndo perigo de ser puxada para ele. Fui envolvida pela sensação de familiaridade e os sentimentos estranhos e inexplicáveis voltaram como se nunca tivessem sumido. Ele apoiou o ombro na fileira de armários e disse:

— Vi suas anotações de química. Estava esperando poder pegar emprestado.

O olhar dele não vacilou, e balancei a cabeça para sair do transe.

— Minhas anotações de química? Você é desses esquisitos que fica xeretando as coisas dos outros? — Por mais que eu quisesse ficar ressabiada com a bisbilhotice estranha dele, não fiquei. Isso por si só já era esquisitíssimo.

Duas linhas finas cor de ocre apareciam acima do colarinho da sua blusa, a maior parte da marca escondida pela peça. Dava para dizer que era uma marca, não uma tatuagem, por causa das bordas levemente elevadas.

Sem saber bem a razão, a vozinha lá na minha cabeça me compeliu a lhe tocar o pescoço.

Nesse instante, tocá-lo era uma necessidade. Estendi a mão bem rápido, antes que ele tivesse a chance de dizer alguma coisa, e que eu tivesse a de pensar no que estava fazendo. Meus dedos macios beijaram o pescoço quente.

Uma consciência sombria e sinistra disparou até o centro da minha alma. Todos os sonhos e pensamentos apaixonados desapareceram.

Na mesma hora, Thanatos tropeçou para trás, pondo fim ao contato, e eu quase me esborrachei no chão. O barulho reconfortante do corredor me cobriu quando a vergonha da situação veio com tudo: eu tinha acabado de tocá-lo.

Comecei a pirar de novo.

Dei meia-volta, me afastando daquele problema mortificante. Alguns armários à frente, Kurt vinha na minha direção, mas ele parou ao ver Thanatos atrás de mim. As sobrancelhas do meu amigo se ergueram, e um sorriso divertido atravessou o seu rosto.

Pigarreei.

— Não, eu não posso te ajudar — falei, por cima do ombro, não lhe dando a chance de explicar como ele tinha visto as minhas anotações de outra aula ou a merda que tinha acabado de acontecer.

Thanatos deu a volta para ficar na minha frente e seguiu meu olhar até Kurt, que agora estava sem pressa nenhuma. Ele devia estar pensando que estava me dando mais alguns segundos com o cara que eu tanto queria encontrar uma hora atrás. Mas tudo o que eu queria era que Kurt andasse logo para que eu tivesse uma desculpa para dar no pé.

Thanatos reduziu ainda mais a distância entre nós e se inclinou; seus olhos estavam próximos o bastante para que eu visse os pontinhos dourados em cada íris de cores diferentes. A sensação da mão enluvada na minha pele foi estranha, e ele enfiou um pedaço de papel na minha mão.

— Se mudar de ideia, me liga. — E esbarrou o ombro no meu ao passar. Eu o observei ser engolido pelo mar de alunos. Eu poderia ter despencado de vergonha, não fosse o armário me mantendo erguida.

Kurt saltou para frente, preenchendo o espaço vazio que Thanatos havia deixado.

— Ora, ora, Mia. O que ele disse? — Ele fez uma pausa, esperando por minha resposta.

Eu queria me enfiar no meu armário e sumir.

— Parece que você viu um fantasma ou um zumbi ou uma mistura dos dois: um fumbi — ele fez piada.

Ele acenou diante dos meus olhos e estalou os dedos. O sinal soou, me arrancando de volta para a realidade. Cinco minutos para eu correr até o outro lado da escola.

Desdobrei o papel. Lá estava o número dele.

— Nada de mais. — Eu me virei e olhei a minha mochila. Estava no chão perto do meu armário. Eu a peguei. — Ele precisava de uma parada — falei.

Quando apanhei minha mochila do chão, eu a senti mais leve. Abri a parte maior. Meu notebook não estava lá.

Minhas bochechas aqueceram.

O cara o pegou?

Thanatos não estava em nenhuma outra das minhas aulas. Passei o dia enviando mensagem para ele, dizendo que queria meu computador de volta. Ele não respondeu. Queria cuidar do assunto eu mesma, sem pedir a ajuda de ninguém. Tinha 99,99% de certeza de que tinha sido ele.

O computador tinha tudo... incluindo as fotos recentes que tirei dele.

Ao chegar no estacionamento meio vazio depois que a aula acabou, procurei por ele. O bicicletário estava cheio, e a minha bicicleta elétrica estava lá na ponta. Abri a corrente que envolvia a estrutura aquecida pelo sol e vi Thanatos saindo da vaga de visitantes, com os vidros do carro abertos. As rodas do estranho Impala coupé, um modelo antigo em perfeitas condições, viraram para a direita. Duas listras brancas corriam ao longo do exterior encerado. Um raio de luz refletiu do capô preto quando ele acelerou, fazendo ser difícil ver seu rosto por detrás do para-brisa conforme ele se aproximava.

Larguei o cadeado e saltei da calçada para deter o seu avanço, mas não fui rápida o bastante. Seu rosto se virou para mim quando as rodas derraparam. Joguei as mãos para cima.

— Eu quero meu computador, seu BABACA!

Fuzilei-o com o olhar até não conseguir mais enxergar o carro, depois fui pisando duro até o bicicletário e arranquei a corrente, que acabou batendo no meu joelho. *Ai!*

Pedalei rápido, queimando a irritação com exercício intenso. O rosto de Thanatos reluziu na minha mente. *Por que pegar o computador? Para garantir que eu ligasse?* Apoiei a cabeça no guidão, deixando a brisa bagunçar o meu cabelo.

O toque de rock de rua de Kurt soou no meu bolso de trás. Eu me endireitei e enfiei a mão por baixo da mochila. Olhei para baixo para apertar o botão de atender, quase atingi um homem que mancava pela rua, me desviei bem a tempo quando ele ergueu o rosto e abriu a boca para gritar algo.

Levei o telefone à orelha.

— Kurt — falei, arquejando devido ao quase acidente. — O que você quer? Eu quase morri! — Não costumava ser muito dramática, isso era com o Kurt. Mas tinha sido um dia longo pensando que eu estava enlouquecendo e descobrindo que o garoto que imaginei ser não-sei-o-que era apenas um ladrão comum.

— Festa esse fim de semana! Tá afim? — ele fez uma pausa, ignorando solenemente o meu drama. — Deixa, dane-se. Você vai — respondeu por mim, sabendo que eu não gostava de ir a festas.

O que ele não sabia era que, depois de hoje, eu tinha chegado à conclusão de que meus pais estavam certos: eu precisava levar uma adolescência normal. Eu seguiria em frente. Seja qual fosse o mistério de Thanatos, eu não queria mais resolvê-lo.

Kurt começou a listar as razões para eu ir, tirando ideias do rabo.

— ... desenvolver um aplicativo legal para a faculdade (não), se dar melhor com as pessoas. Ei, você pode levar um livro, ou fazer perguntas... — prosseguiu, talvez pensando que eu precisava de distração; o nono aniversário do meu sequestro seria dali a pouco mais de uma semana.

As luzes de uma viatura apareceram à frente quando ela estacionou diante de uma casinha térrea. Uma mulher alta e fardada saiu de lá. Ela me cumprimentou com um toque na testa quando passei. Meu corpo ficou tenso, e desviei o olhar.

— Vou a essa bendita festa — cuspi para Kurt, e me virei para a rua. O outro lado da linha ficou mudo. — Kurt?

— Sim, estou aqui — disse ele, hesitante. — Não vou precisar te arrastar, vou?

— Já fui a festas.

Um arroubo de riso veio da linha dele.

Sem contar a que fui com Trip, houve uma festa de aniversário dois anos atrás no porão da casa de Stefan Callan. Não foi bem uma festa, por assim dizer, estava mais para um grupo de garotos idiotas tentando pegar meninas, algo de que não quis fazer parte e saí de lá quinze minutos depois de começar.

— Você já disse que vai, não pode dar para trás agora. — E aquele comentário de despedida me fez me arrepender da resposta, e aí ele se apressou para dizer o resto antes de desligar: — É na casa do Trip.

Tu-tu-tu.

Deslizei no meio-fio abaixo da ponte e parei. Gritei a plenos pulmões e puxei os cabelos.

Uma tosse alta e gutural reverberou perto dali. Olhei para lá.

P Doidão me encarava com os olhos arregalados de preocupação. Ele era um sem-teto. Geralmente, eles tinham que ficar em abrigos, mas, se sempre procurassem um lugar novo, conseguiam burlar o sistema. Ele estava por ali o tempo todo, e lhe dei esse apelido porque ele se agarrava a um vaso de planta desde o dia que o vi no verão. O cabelo desgrenhado e grisalho estava todo para cima, como se cada fio tivesse sido eletrificado.

Ótimo. Simplesmente maravilhoso.

quatro

Era de amanhã e estava chovendo. Kurt passou para me pegar. Ele estava sendo superlegal, exagerando na fofura, usando cada oportunidade para me persuadir a não desistir de ir à festa. No entanto, quando pedi carona, ele fez questão de deixar de fora o pequeno detalhe de que Trudy estaria toda sorridente no banco do carona. Quis arrancar aquele sorriso da cara dela com aquele narizinho com um tapa.

— Fico muito enjoada em carro — reclamou, quando abri a porta de trás, cheia de má vontade.

Eu odiava a Trudy. A beleza facilitava muitas coisas para ela, e os garotos se dividiam como o Mar Vermelho diante de sua presença. Adicione a isso o fato de que ela havia terminado há pouco tempo um longo relacionamento com um calouro da faculdade, o que a deixava ainda mais atraente para esse monte de testosterona.

Kurt estremeceu quando olhei feio para ele.

Depois de me sentar lá atrás, Trudy empurrou seu assento o máximo possível, pressionando-o nas minhas pernas. Eu teria ido para o outro lado, se isso não me desse a oportunidade perfeita para cravar o joelho nas suas costas. Ela arqueou para frente, procurando uma posição confortável, mas eu era aquela ervilhazinha debaixo do colchão; e claro, ela não era nenhuma princesa.

Kurt me olhou pelo retrovisor, sabendo que eu estava aprontando. Ele me conhecia bem demais.

Dei de ombros. *Não era culpa minha.* Chutei as embalagens de fast-food espalhadas no assoalho. O carro dele sempre cheirava a hambúrguer e batata frita. Pelo retrovisor, Trudy estourou o chiclete cor-de-rosa entre seus dentes iguais aos de um cavalo.

— Estou gostando desse nosso novo arranjo, Kurty — disse ela, entre os estalos, girando o cabelo sedoso ao redor do dedo. — Talvez a gente possa fazer um arranjo mais permanente.

— Novo arranjo — tossi, pressionando ainda mais o joelho. Será que esse novo arranjo começava com *dor* e terminava com *cotovelo*?

A chuva batia no para-brisa, e Kurt aumentou a velocidade dos limpadores. Ele pisou fundo, e minhas costas bateram no assento quando ele disparou para fora do bairro.

— Kurt, vá devagar! — gritei.

O carro vinho aquaplanou por um breve segundo antes de recuperar a tração. Um SUV vindo da outra pista guinou para o lado, quase atingindo a canaleta. A buzina reverberou ao passar, e o motorista mostrou o dedo para Kurt.

Por fim, com as rodas mais uma vez firmes no chão, interroguei Trudy:

— O que aconteceu com o seu carro?

Meu tom desinteressado não afetou a sua animação.

— Ah, só adicionando alguns detalhes. — Ela se virou, me olhando de soslaio. — Você não conseguiria entender.

De repente, o rádio ficou em silêncio, e os faróis se apagaram.

— Acontece o tempo todo, não se preocupe — Kurt assegurou a ela. Conforme o carro deslizava adiante, desacelerando, ele desligou a ignição e voltou a ligá-la. O rádio acendeu e os faróis refletiram a rua molhada quando o Pontiac G6 rugiu à vida uma vez mais.

Kurt parou na vaga 983 da escola. A chuva havia virado uma garoa. Trudy ficou lá dentro enquanto ele cuidava de sua alteza e abria a porta com a sombrinha já a postos para a garota.

Quando saiu, Trudy enlaçou o braço com o dele.

Lancei um olhar decepcionado para Kurt e fui na frente, perfeitamente capaz de segurar minha própria sombrinha. Ao passar por ele, chapinhando pelas poças de água lamacenta, cobri a boca e tossi um "sério?". Ele sabia a opinião que eu tinha dela. Caramba, ele também não gostava da garota, mas quando uma se jogava nele, meu amigo se comportava igual a todos os garotos. Mas Trudy não era igual à maioria das garotas; foi ela quem começou com o *Mia Apodrecida* anos atrás.

Eu os deixei para trás e me concentrei no que estava prestes a fazer. Ontem à noite, antes de acordar encharcada de suor por causa de outro pesadelo, sonhei com o que diria a Thanatos no momento em que eu entrasse na aula.

Lambi os lábios em expectativa.

Acelerei ao virar o corredor e fui em direção à aula de jornalismo. Mas um substituto estava curvado sobre a mesa do Sr. Kapoor, e Thanatos não estava ali. Eu me sentei, a postos, observando a entrada de cada aluno, incluindo a Trudy.

Mastiguei a unha enquanto esperava.
Os minutos se passaram até que, por fim... o sinal tocou.
A aula começou.
Olhei por cima do ombro, para o assento frio e vazio de Thanatos.

No dia seguinte, durante a aula de História Mundial, senti câimbras horríveis na mão e as juntas doíam por ter de me sujeitar a escrever à mão por não estar com meu notebook. Abri e fechei o punho, esticando os dedos.

Depois da aula, encarei meu telefone, remoendo a ideia de ligar para Thanatos. A essa altura, eu me limitaria a enviar mensagem. O que eu queria mesmo era confrontá-lo pessoalmente. Como última tentativa, enviei mensagem para Kurt perguntando se ele tinha visto o cara ali na escola. Não tinha. *Ótimo. Não havia escolha.*

Liguei para o número dele e o telefone tocou...

E tocou...

E tocou.

A voz robótica da caixa postal falou uma mensagem genérica seguida por um rápido bipe.

— Sei que você está com o meu notebook. Eu quero de volta. É melhor você me ligar. — Desliguei, sem falar meu nome.

Mesmo depois de eu ter dito não lá no corredor, o cara deu um jeito de roubar as minhas anotações, eu achava. Ao contrário dele, eu as guardava em um pen drive à parte, que ainda estava em segurança no bolso de trás da minha mochila.

Eu estava fumegando de ódio, e meu telefone tremia descontroladamente na minha mão. Ao lado do meu armário, soltei um grito inaudível através de dentes cerrados. *Quem ele pensava que era?*

Vasculhei meu cérebro, buscando uma razão para ele ter pegado o meu computador. Mas ele não tinha a senha, o que significava que não dava para fazer login. O que significava que ele não veria as fotos também. Um suspiro de alívio escapou dos meus lábios quando apoiei as costas na porta fria do armário. Será que ele o roubou para penhorar? Não seria o primeiro a precisar de dinheiro por aqui, e se fosse o caso, eu jamais veria o aparelho de novo.

Não consegui pensar em ninguém mais que poderia tê-lo pegado. Por mais que estivesse puta com o garoto, cruzei os dedos para eu ter razão, porque pelo menos teria a chance de recuperá-lo.

— Você vai voltar comigo — disse Kurt, deixando o ombro descansar no metal ao imitar a minha postura. — Aquela loucura bamba vai acabar te matando. — Ele estava convencido de que a minha bicicleta era uma armadilha mortal esperando para seu momento devido à forma como eu vinha agindo. O que significava que eu voltaria no carro dele com a Trudy, de novo. De todos os caras da escola, ela tinha que pedir carona a Kurt. *Por que Kurt?* Assim, claro que ele era bonito, não para mim; eu o via como um irmão. Mas ela poderia se envolver com qualquer um, então por que ele?

— Minha bicicleta não é um perigo.

— Depende de quem está conduzindo.

Achando graça, empurrei seu braço e fechei meu armário.

— Ela está usando você, Kurt. — *Mas para quê?*

— Quem?

— Você sabe quem. — Joguei a mochila sobre o ombro.

— Talvez, mas eu não ligo.

— Você está falando sério? É da Trudy que estamos falando. A mesma menina que fingimos que não existia depois que ela trombou em você de propósito e entornou leite na frente da sua bermuda. Por uma semana inteira, a oitava série toda pensou que você havia se mijado.

Kurt deu de ombros.

— Bem, se todos fôssemos julgados pelo que fizemos há quatro anos... as pessoas mudam. Ela não é mais a mesma. Nem eu sou.

Talvez ele não fosse o mesmo garoto ligado em tecnologia, mas eu suspeitava de que Trudy não havia mudado nada.

Meu amigo sorriu e apontou sobre o ombro com o polegar.

— A gente pode ir agora ou vou ter que te arrastar até o meu carro?

Eu não ganharia essa batalha hoje, mas em breve a máscara de Trudy cairia e ele veria sua verdadeira face.

— Tudo bem.

Lá fora, ele pegou o lado esquerdo do guidão; eu, o direito, e nós empurramos minha bicicleta pelo estacionamento.

— Kurt, não vai caber — digo, de pé atrás do porta-malas.

Ele a pegou e eu virei a roda para a esquerda. Em seguida me instruiu a segurar a tampa enquanto ele passava uma corda pelo buraco e fechava parcialmente o porta-malas.

Uma roda ficou presa em um ângulo estranho na traseira, como se fosse um dente redondo e bobo. Balancei a cabeça, e ele riu.

— Viu, coube! — ele riu.

Reivindiquei o banco do carona para mim, forçando Trudy a se sentar atrás. Ela começou a encher o saco.

— Estou enjoada, Kurty. — E colocou a mão na barriga e fez beicinho. Mas não comprei aquela.

— Trudy, você está bem. Conforme-se, docinho.

Kurt me olhou de rabo de olho, como se pedindo para eu reconsiderar.

— Nem comece — rosno.

Para o espanto de zero pessoas, e muito para a minha decepção, ela não teve uma única ânsia durante o caminho até a minha casa.

Pelo ângulo que eu tinha da porta, vi meu pai sentado no sofá quando subi as escadas. Ele chegava cedo às sextas, já que a maioria dos seus estudos do sono ocorria à noite. Mas, pelos roncos, estava apagado.

Joguei a mochila na cama, abri *O despertar do príncipe*, de Colleen Houck, e contei com um bom livro para me levar para bem longe da escola e, o mais importante, para longe dos pensamentos em Thanatos.

Eu não era boa arrumando o cabelo quando estava estressada, ou em qualquer situação, mas senti que precisava estar *bonita* nessa festa. Joguei longe um short balonê com estampa floral. Três modelitos diferentes estavam espalhados no chão diante do armário. Ergui outro, analisando a escolha no espelho de corpo inteiro.

Apesar de não gostar muito de festas, era legal ser incluída. Acho que essa foi a razão principal para eu começar a sair com o Trip; ele estava interessado, então eu disse sim.

Meu cabelo preto parecia estar pegajoso, escorrido demais, mas eu não tinha tempo para lavá-lo de novo, então o prendi.

Por fim, optei por um short jeans e uma blusa soltinha que pendia levemente do meu ombro marrom-claro, cobrindo a minha bunda. Espirrei um pouco de perfume, o favorito de Trip, não muito segura disso também. O que eu estava fazendo? Eu não gostava do cara, não desse jeito. Talvez nunca tenha chegado a gostar. Ele foi o meu primeiro namorado. Quando me chamou para sair, aceitei, pensando que com o tempo começaria a gostar dele e que na hora certa equilibraria a intensidade do que ele sentia por mim, mas nunca aconteceu. Eu esperava que pelo menos pudéssemos continuar amigos.

Passei uma camada de brilho labial cereja, franzi os lábios e calcei o chinelo. O nome de Kurt apareceu no meu telefone. Ligação de vídeo.

Na tela, vi Trudy inclinada perto dele… no carro. A imagem passou por outra pessoa ao fundo, entrando no banco de trás.

— Quem é? — perguntei.

Trudy gritou ao erguer o braço.

— Hora da diversão!

Kurt riu.

— Só um segundo, preciso dar ré — ele falou.

Balancei a cabeça quando ele entregou o telefone para ela. O rosto da garota preencheu a tela.

— Me devolve para o Kurt, por favor — pedi, começando a ter a sensação de que *algo* estava acontecendo.

Um instante depois, a tela sacudiu de volta para Kurt. Eu ainda não conseguia ver quem estava no banco de trás.

— É um amigo da Trudy — Kurt me avisou. Ele não disse a palavra "encontro duplo", mas eu sabia que era exatamente o que ele estava fazendo; ele sabia que, se Trudy fosse, eu daria para trás, então trouxe um par de última hora para mim.

Nem pensar!

— Olha, já tenho carona. Te encontro lá — falei, esperando que ele tivesse se convencido pela minha expressão séria. Desliguei antes que ele pudesse objetar. A última coisa de que eu precisava, além de ir a essa festa, era ter adicionada a pressão de um encontro duplo. O único problema era que eu não tinha carona, e a casa do Trip ficava muito longe para ir de bicicleta. Por mais baixa que fosse a minha popularidade na escola, doía admitir que eu me importava com aquilo, não queria piorar as coisas.

A única forma para eu ir à festa seria de trem. Eu odiava o Bullet, foi construído há anos. Saber que minha vida estava à mercê de uma máquina gigantesca me assustava horrores, mas meu ódio por sair com um amigo de Trudy era maior.

Apanhei a bolsa e vesti um casaco levinho, vasculhando a gaveta atrás do frasco de spray de pimenta que eu nunca tinha usado. *Pode vir a calhar.*

— Estou indo — gritei, ao abrir a porta.

Meus pais acenaram lá do sofá da sala, despreocupados; eles já tinham perguntado para onde eu estava indo. Minha mãe havia me abraçado e exclamado o quanto estava feliz por eu ir a uma festa.

Que tipo de pais ficavam felizes quando a filha ia a uma festa? Os meus.

Mas eles não ficariam animados por eu pegar o Bullet sozinha. Eu também não estava.

— Diga ao Kurt que mandei oi — minha mãe gritou.

— Pode deixar.

Saí bem rapidinho, antes que pedissem detalhes.

Cinco

Havia um monte de sem-teto e de passageiros à espera lá na estação. Muitas pessoas pegavam o Bullet para ir ao trabalho, iam e vinham de Houston e Dallas e voltavam ao fim do dia.

Passei o cartão pela catraca eletrônica e esperei o próximo trem. Algo frio soprou o meu pescoço. Senti como se estivesse sendo observada. Virei a cabeça devagar, buscando alguém que pudesse estar me olhando atravessado.

Ultimamente, eu tenho estado mais... no limite. Paranoica. Com os nervos à flor da pele. Esbarrar com Thanatos na feira me fez esquecer, por breves momentos, do meu sequestro, mas agora uma leve ansiedade percorria a minha pele, como se fosse uma coceira que eu tinha medo de coçar.

Passei pelas pessoas amontoadas perto das paredes frias, rindo e conversando. Olhei de um lado para o outro. Mas nada me chamou a atenção. Cruzei os braços, e segurei firme o spray de pimenta com a mão esquerda.

O trem se aproximou com um assovio muito bem-vindo. Meus pés vibraram quando ele entrou no túnel. Luzes verdes piscavam acima da plataforma, e o trem cinza foi reduzindo a velocidade até parar por completo. Fileiras de portas se abriram. Hordas saíram de lá, e pulei para o lado da multidão, me desviando de braços como se fosse uma máquina de pinball.

O trem não ficaria parado por muito tempo. Esquivei-me de um cotovelo peludo e fui empurrada por uma parede de antebraços. Eu me sentia perdida no mar. Duas cabeças abaixo do grupo de homens altos e barbudos, localizei a direção em que vi a entrada. *Enfim uma abertura.*

Atravessei as portas correndo no momento em que se fecharam, puxei a ponta do casaco bem a tempo, logo que as portas travaram. Estava sentindo um pouco de calor por estar agasalhada, mas o peso da peça me fazia sentir confortável e segura. Movi os braços, deixando um pouco do ar fresco penetrar as mangas e abanei o peito com a mão.

O cheiro do vagão era uma mistura de umidade sufocante com fedor de suor. Meu. Deles. Estava cheio demais para ser confortável. Percorri o corredor e abri as portas que levavam ao próximo vagão que estava bem menos abarrotado.

Seguindo em frente, contei as fileiras até chegar aos assentos do meio. Antes de chegar lá, o clique da porta se fechando soou atrás de mim. Olhei e vi uma menina se equilibrar até a fileira de trás; a mesma que estava conversando com Thanatos na feira aquele dia. Ela não me viu; seus olhos estavam colados no telefone e ela usava fone de ouvido.

Mas eu não estava enganada, seu rosto estava gravado no meu cérebro. Era ela.

A garota correu para o primeiro assento que vagou à sua esquerda. A roupa que usava era bem diferente da que vi naquele dia, não era vermelha nem justa. Por baixo da blusa meio transparente havia o contorno ousado de um sutiã preto. O longo cabelo louro escorria livre pelos ombros. Por um momento, seus olhos se ergueram e olharam para o lado, mas não para mim. Os cílios pretos e bastos e o batom escuro pareciam uma máscara, escondendo as feições lá embaixo.

Marchei até ela.

Quatro assentos antes de alcançar a garota distraída, alguém se levantou e impediu meu avanço com os ombros, me empurrando para trás. Sem ter tempo para reagir, bati no peito dele. Em um ato instintivo de autopreservação, espirrei o spray de pimenta em seu rosto.

O cara bateu as mãos nos olhos na mesma hora.

Tosses abafadas e úmidas brotaram de seus lábios, e ele usou a barra da camisa para tentar limpar. Os poucos passageiros perto de nós se espalharam.

Salpicos flutuavam no ar e pousaram nos meus óculos. Comecei a falar, empurrá-lo para longe e disse um "desculpa" com a voz esganiçada antes de sair fugindo, envergonhada. Mas quando suas mãos se moveram para revelar olhos vermelhos e inchados, minha garganta estava ardendo e coçando. Eu havia aspirado um pouco do spray. Curvei-me e cuspi no piso áspero.

Por que achei que pegar o trem era uma boa ideia? A bolsa com a câmera balançava para lá e para cá no meu ombro cada vez que eu tossia. Depois de passar alguns minutos tentando me livrar daquela gosma, sequei a boca na manga e me ergui para respirar... e me aquietei. Era Thanatos.

— Mas que porra? — falei alto, assustando as pessoas que já tinham se afastado da nuvem tóxica, dando a nós dois bastante espaço. A menina lá atrás havia sumido.

Limpei mais um pouco de catarro com as costas da mão. O spray de pimenta estava vencido há anos, mas, ao que parecia, ainda funcionava... até demais. O sabor amargo pendia do céu da minha boca.

Câmera de ESCURIDÃO

Thanatos estava *diferente*: as mãos dele estavam visíveis, sem luvas. Os olhos foram de vermelhos para rosados. E eu me encolhi.

Ele se abaixou e pegou o boné que havia caído quando tentava limpar os olhos. Assim que percebeu que era eu, ele voltou a vestir o boné e tossiu mais algumas vezes no punho.

— Quem é a aquela menina loura? — perguntei, apontando o queixo para o assento vazio.

Ele olhou para trás, depois de volta para mim.

— Que menina?

No assento ao lado dele, havia uma bolsa aberta, e a ponta de um notebook se projetava de lá. O canto era roxo, o mesmo tom metálico do meu.

— Você está me seguindo? — Eu o empurrei pelo peito, fazendo-o tropeçar, e me senti mal na mesma hora. Tinha espirrado spray de pimenta nele, afinal das contas.

Estendi a mão, apanhei a bolsa ao lado dele e tirei meu notebook de lá.

— Por você pegou?

Thanatos ergueu as mãos em defesa... desculpando-se?

— Eu ia te devolver no dia seguinte, mas meu carro quebrou e não consegui. Desculpa — ele falou, com a voz firme e sincera.

— Por quatro dias? — perguntei, não engolindo a história.

Deu de ombros.

— E aí eu fiquei doente.

A resposta não me fez me sentir melhor, muito pelo contrário.

— Então por que você não me ligou? Eu teria ido pegar.

Ele cruzou os braços, e faltava a arrogância e agressividade que eu esperava ver naqueles olhos gentis.

— Não quero ouvir desculpas — vociferei, deixando a frustração levar a melhor.

Abri meu notebook e apertei o botão de ligar para me certificar de que tudo estava funcionando.

— E por que você está no trem? — perguntei, enquanto assistia a tela acender. Luzes pretas e verdes piscavam na tela de login. Assim que tive certeza de que estava funcionando direito, desliguei. Fechei a tampa e o abracei junto ao peito.

Thanatos sorriu, parecendo achar graça da minha reação.

— Que graça tem nisso tudo? Agora vou ter que carregar o computador pelo resto da noite. — Segurá-lo na festa chamaria o tipo errado de atenção... atenção nerd.

Thanatos riu.

— Fico com ele para você. Prometo que devolvo na segunda. O que acha?

Entre a arrogância do dia anterior e o repentino comportamento amável de agora, eu não sabia se podia confiar nele. Se o garoto achava que eu devolveria o computador para ele de bom grado, estava muito enganado.

— Eu não roubei. Você o deixou na aula. Só peguei antes que outra pessoa pegasse. — Ele descruzou os braços e deu um passo para trás, deixando um vazio misterioso entre nós.

— E... você acha que me ajudou? — Como ele tinha conseguido pegar meu notebook sem que eu visse, sendo que ele estava na minha mochila? Pelo menos, eu tinha quase certeza de que estava lá.

Eu não engoliria aquela. Se fosse verdade, ele ainda o pegou de propósito.

O garoto revirou os olhos ao bufar, como se estivesse exausto de conversar com uma louca. A louca sendo eu. O que não era o caso.

— Estou te devolvendo agora, não estou? — rebateu.

Assenti, olhando-o duvidosa.

Ele se sentou.

— Pode me dar agora? — Ele apontou para a minha mão que ainda segurava a bolsa de couro.

— Ah, desculpa. — Entreguei a alça para ele.

— Você sempre viaja em pé? — Ele sorriu, indicando o assento vazio ao seu lado, insinuando que eu deveria me sentar. Dúzias de pessoas estavam segurando a barra do teto; eu não estava fazendo nada fora do comum.

A vermelhidão sumiu por completo de seus olhos e ele não estava mais tossindo. Deixei a discussão de lado, só me importando que finalmente recuperei meu computador. Eu me sentei de frente para ele, não ao lado.

O silêncio preencheu o ar, o desconforto era palpável. Além dos passageiros, o único som audível eram os sussurros das janelas conforme o trem rugia pelos trilhos.

Olhei para o meu computador e depois para as janelas escuras.

De vez em quando, entrava um pouco de luz vindo lá de fora.

Voltei-me para Thanatos, e depois desviei o olhar de volta para a janela, não dizendo nada. *O que eu poderia falar? Estou te seguindo desde aquele dia que derrubei os nachos em você?*

Fui ficando ofegante. Engoli o bolo de nervoso que subia pela minha garganta e me remexi no assento. Minha atenção ficava entre ele e a janela.

Thanatos não estava se distraindo com um telefone, fingindo olhar para outro lugar.

Eu o observava de rabo de olho. Seu olhar estava fixo em mim, e meu coração batia nos ouvidos.

Por fim, pus fim àquela tensão.

— Para onde você está indo? — Será que para a mesma festa? Por um milésimo de segundo, esperei que sim, mas passou logo que ele respondeu e senti calafrios.

— Para o centro de Houston — respondeu. E seus olhos bicolores nem pestanejaram.

seis

Meus dedos agarraram o assento frio.

Ele estava indo para o coração de Houston.

Minha visão do que estava ao redor de Thanatos se transformou em névoa conforme o pânico invadia meus pulmões. Uma memória terrível piscou na minha cabeça, uma que não deixou meus pensamentos desde o dia que fui sequestrada e levada para lá. Vir sozinha no Bullet havia sido uma péssima ideia.

A sensação de cair em um desfiladeiro escuro percorreu os meus braços, como se algo pesasse meus antebraços. O desfiladeiro era profundo e, nos meus pesadelos, repetidas vezes, eu não conseguia sair de lá. E como poderia? O homem que me levou ainda estava por aí; nunca fui capaz de identificá-lo. Mas eu sabia que ele morava no centro de Houston, e esse conhecimento arraigado se apegou aos meus sonhos em preto e branco, assim como aqueles olhos cinzentos.

Senti Thanatos tocar o meu joelho, me tirando daquela sensação estranha e dolorosa e me trazendo de volta à realidade.

— Você está bem? — perguntou. Seu rosto foi surgindo aos poucos através da neblina. Ele parecia preocupado, depois olhou para baixo e logo tirou a mão.

Espantei aquele horror e esfreguei o joelho.

— Sim — murmurei, engolindo o medo que nunca chegava a ir embora. — Estou.

Pés se arrastaram conforme as pessoas se reuniam na área não tóxica. O alto-falante soou, informando a próxima parada. Com o spray de pimenta na mão, apontei um dedo trêmulo para o teto.

— É a minha.

Sem perder tempo, ele falou:

— A gente se vê na segunda? — Terminou a frase como se fosse uma pergunta.

Peguei o computador e passei a bolsa cruzada sobre o peito.

— Sim, eu acho — murmurei, e fui para o corredor.

Conforme as portas se preparavam para a saída, o trem foi desacelerando até parar. Eu me segurei para me equilibrar com a freada brusca. Luzes vermelhas piscaram no teto. Olhei para Thanatos, seu rosto mal era visível entre os assentos, e então fui para a plataforma.

A casa de Trip era enorme, muito mais que as do meu bairro. O portão alto estava aberto e havia e uma mistura de carros velhos e novos lá.

Cantos arredondados com janelas altas se espalhavam pela lateral da casa, formando torreões. O lugar parecia um castelo moderno em miniatura. A pedra cinza e a entrada em arco realçavam a aparência régia.

Mais carros se alinhavam no pátio fechado.

Desci o largo caminho de paralelepípedos. À direita, havia uma fonte enorme com três andares. Luzes submersas iluminavam a cascata de água.

Um casal estava dando uns amassos no escuro. As silhuetas se fundiam uma na outra como chocolate derretido, curvando-se e torcendo-se ao mesmo tempo.

Rock alternativo explodia dos fundos da casa.

Subi os degraus e girei a maçaneta da imensa porta de mogno, mas estava trancada. Coloquei a mão na madeira rústica e a música vibrou pelo meu antebraço.

Bati, mas ninguém atendeu.

Alguém poderia me ouvir?

Desviei-me de duas pessoas rolando na grama aos beijos e segui o som da festa. Vozes e música rugiam sob o céu cinzento.

Na parte de trás da casa havia uma varanda alta; subi lá para conseguir ver melhor. Não demorei muito para encontrar Kurt dançando sozinho no meio da multidão. Seus cotovelos apontavam desajeitadamente para os lados antes de ele cair no chão com estilo. A risada das pessoas segurando copos de plástico vermelhos se transformaram em uma alegria estrondosa; ele tinha audiência e amava atenção.

Gritei seu nome, mas ele não ouviu.

Meu computador estava firme em meus braços. Eu o equilibrei no parapeito de madeira e tirei a câmera da bolsa. A aula de jornalismo contribuía sempre com o comitê do anuário, mas eu duvidava muito que as fotos de hoje seriam aproveitadas, já que metade da turma estava bebendo. Não era bem memórias pelas quais os pais pagariam.

Levei o visor ao olho e dei zoom, batendo fotos. As melhores eram quando as pessoas estavam à vontade, sem prestar atenção no fotógrafo. Festas eram o lugar perfeito para isso.

Kurt dançava com as mãos para o alto, e uma fileira de pessoas erguia o copo no ar, encorajando-o a continuar. Dei zoom em seu sorriso, na camisa molhada de suor. Por que ele era meu amigo — uma ninguém — era um mistério. Quando mais novo, ele era considerado nerd, mas, quando chegou ao ensino médio, o corpo gordinho da infância desapareceu e o jeito bobo agradava os outros. Ainda assim, por alguma razão, eu e ele nos encaixávamos. Acho que o garotinho nerd ainda existia por baixo daquele exterior forte.

A música do Twenty One Pilots acabou, e uma mais lenta e menos conhecida começou. A fila ao redor de Kurt vaiou, e ele deu o fora. Seu olhar se desviou para a varanda, de onde os alto-falantes explodiam, e ele me viu sem querer. Com seu jeito de sempre, logo inclinou a cabeça para o lado e fez sinal para eu me aproximar. Acenei em reconhecimento, guardei a câmera na bolsa e peguei o computador no parapeito.

Uma garota de cabelo ruivo e ondulado deu um encontrão em mim. A cabeça dela bamboleou um pouco, como se fosse pesada demais para o pescoço, igual aqueles bonequinhos que balançam a cabeça. O movimento era fluido e meio catatônico.

— Licença — falei, sarcástica.

O olhar dela logo seguiu, como se tivesse acabado de me ver ao seu lado; suas pupilas estavam muito dilatadas, e embora ela estivesse olhando para mim, a mente parecia estar em outras bandas. E então a garota voltou a si e soluçou uma risada.

— Desculpa. — A voz fina e esganiçada ficou presa no meio da palavra, alongando o "ul".

Estava doidona de droga, sem dúvida, não era só cerveja. Não era mesmo a minha praia, ainda mais se me tirasse de mim, como foi com ela.

Kurt me encontrou assim que desci da varanda, no meio do gramado iluminado pelas luzes da piscina ali perto.

Ao lado dele estava um cara de ombros largos. Eu o vi em fotos e no jornal da escola, mas nunca pessoalmente. Era um jogador de futebol americano. Kurt passou o braço pelos meus ombros e me empurrou para frente, em direção ao jogador.

— Essa é a Mia, mas eu a chamo de M — disse Kurt a ele, o tempo todo sorrindo para mim. Ele deve ter sido o cara que arranjaram para o encontro duplo.

O rosto do garoto se transformou com a careta, e ele franziu o nariz ao me olhar da cabeça aos pés. Verifiquei a minha roupa, me perguntando se estava *tão* ruim assim. Kurt o apontou com o queixo enquanto o apresentava.

— E o grandão aqui é o Vincent.

Vincent se inclinou para frente, tentando passar o braço ao meu redor, como se eu fosse ficar encantada com seu porte. Eu me esquivei, e Kurt bateu no ombro dele, desequilibrando-o de brincadeira.

O braço do atleta permaneceu erguido e segurei sua mão, puxando-o para baixo.

Kurt suspirou e balançou a cabeça para a minha reação adversa.

Não era que eu não me interessasse pelos garotos, mas além da loucura com Thanatos, não importa o que ou quem ele fosse, e mais o término do meu relacionamento, sair com alguém estava fora da minha lista de prioridades. Eu pretendia ir para a faculdade assim que minha vida permitisse. Me prender a alguém como Vincent teria que esperar… para sempre.

Soltei sua mão. Ele franziu a testa, confuso com o gesto amigável e nada íntimo. Peguei Kurt e o puxei para o outro lado da piscina fluorescente, para longe de Vincent.

— M, por que você está abraçada a um computador? — Ele abriu um sorriso cansado. Seu olhar disparou para meus braços magros. — Você acha que esse é o lugar mais indicado para fazer seu dever de casa? — Acenou na direção da festa.

— Acho. Eu quis tanto fazer papel de palhaça que achei que seria uma ideia maravilhosa. — Entreguei o computador a ele, tirei a blusa de frio e o peguei de volta.

Ele cruzou os braços, notando meu sarcasmo.

— Eu não duvidaria nada.

Puxei a mão dele, descruzando seus braços, e o virei para que ficássemos de costas para a maior parte da multidão. Kurt bateu o pé com impaciência. Uma música alta com um baixo estrondoso trovejou.

— Você não imagina com quem me encontrei no trem — sussurrei.

Ele apontou para a orelha.

— Não consigo te ouvir — articulou com a boca.

Eu cheguei mais perto.

— Thanatos... no trem! — gritei, e apontei para o meu computador.

De repente, Kurt ficou mais interessado.

— Espera, o quê? É por isso que você está carregando essa coisa? Ele pegou mesmo? — gritou ele. — E você pegou de volta no trem?

Assenti.

— Foi um encontro esquisitíssimo, Kurt. Tem algo estranho nele, só não sei o quê. — Olhei paro o chão e mordi o lábio conforme repassava na minha cabeça o que aconteceu. Do nada, uma mão apareceu ao lado do meu torso e envolveu meu braço. Era Trudy, que estava com um sorrisão no rosto, e apertava meu braço como se fôssemos melhores amigas.

— Oi? — falei, olhando pasma para ela, sem dar um sorriso.

A garota estava contente demais por nós duas.

— Kurt, gatinho, por que você está tão sem graça? Volta — choramingou.

A animação dela não era contagiante.

Kurt olhou para mim, depois para ela, e deu de ombros.

— Pelo menos tente se divertir um pouco.

Apontei para o meu notebook.

— Tudo bem, mas onde está o seu carro? Preciso guardar isso aqui lá antes que alguém entorne bebida nele. — Ou que algum drogado esbarre em mim de novo. Kurt me entregou a chave. Trudy a tomou da minha mão.

— Eu sei onde está! Te levo lá.

— Não precisa — resmunguei, mas a garota me agarrou pelo braço e me puxou para a rua, pressionando o botão para que o carro apitasse.

Não importava o quanto eu não gostava de Trudy, uma partezinha de mim queria a aprovação dela.

— Viiiu? Está ali. — Ela acenou a chave como se fosse uma varinha mágica abridora de portas. Coloquei o computador no assoalho, escondendo metade dele no assento da frente.

Uma música diferente estourava da varanda, parecendo familiar: a música do Kurt. De alguma forma, não parecia tão ruim quanto no quarto dele. Era nova, sem vozes, o instrumental composto pelos sons da cidade remixados de um jeito lisonjeiro.

Não sei como ele conseguiu fazer com que a tocassem, mas deu certo.

Ele balançou a cabeça e esquadrinhou a multidão, fazendo sinal com a palma das mãos para todo mundo se aproximar, deixando-o no meio de um círculo largo.

Trudy passou o braço pelo meu de novo.

— Olha! É a música do meu Kurrrrrt!

— Por que você não vai lá ouvir? Tem lugar na primeira fila — resmungo, tentando me desvencilhar de seu aperto.

Um copo de cerveja se materializou na frente da minha barriga, e estava nas mãos de alguém escondido às minhas costas. Soltei o braço de Trudy, dessa vez ela não resistiu. Quando me virei, desejei não ter feito isso.

— Para você, senhora — diz Trip, parecendo um pouco alterado. Ele não tinha o hábito de beber, e estava dolorosamente evidente que tinha exagerado na dose.

— Oi, Trip. — Preguei um sorriso no rosto, bancando a boazinha. E, verdade seja dita, eu não tinha razão para estar brava. Eu não estava com raiva, mas vê-lo em sua casa depois de terminarmos fez a minha cabeça dar voltas. Era mais estranho do que eu tinha imaginado e, nesse exato momento, quando ele estava a meio metro de mim, desejei ter ficado em casa. *Não foi a melhor das ideias.*

Ele aproximou o copo até chegar a centímetros do meu nariz, derramando o líquido dourado pela borda direto para os meus dedos. Peguei a bebida, impedindo-o de derramar o resto na minha blusa. Tirei o chinelo e o sequei no chão.

— Entãããão — comecei. E balancei para frente e para trás. — Então — repeti, apontando a cabeça para a bebida que ele me trouxe. — Assim, não acho que seus pais estejam sentados confortáveis lá dentro enquanto centenas de adolescentes tropeçam pelo jardim. — Sorri, louca para conversar fiado.

Os pais dele nunca gostaram muito de mim. Eram bonzinhos quando eu estava perto. Depois que terminamos, a mãe do garoto me mandou uma carta, à moda antiga, pelo correio, com pouquíssimas palavras: *Não era para ser. Com amor, S.* Foi estranho, mas a mensagem oculta era resplandecentemente óbvia: fique longe.

— Não, não estão. Eles — ele fez uma pausa, e deu um soluço — receberam remessa nova. — Os pais dele eram donos de uma boutique chique. — Você veio cozinha? Quer dizer... sozinha? — corrigiu, ao tapar a boca.

Suas bochechas ficaram pálidas e esverdeadas.

— Hum, eu... — Estava prestes a dizer sim, ou não, que vim com Kurt, e Trudy, mas uma garota com cabelo preto na altura dos ombros e de óculos de armação grossa se aproximou dele. Ela era alguns centímetros mais alta que eu, e tinha olhos grandes e angulosos parecidos com os meus.

Ela estendeu o braço, entregando-lhe outra bebida.

sete

Em um mundo alternativo, poderiam achar que essa menina era minha irmã. Ela era um tico mais esguia e até mesmo estava usando uma blusa parecida com a minha. Perceber que Trip estava com alguém parecido comigo alugou um triplex na minha cabeça. Tentei falar, mas as palavras não vinham. Em um momento, pensei que poderíamos ser amigos e, no seguinte, quis atirar essa bebida ridícula que ele trouxe em cima dele. Mas o cara já estava fedorento o bastante.

Pelo canto do olho, vi Vincent por ali, observando quem estava agora dançando no meio do círculo. Em um esforço de não ser tachada como a ex-namorada patética, puxei Vincent, que estava alheio à situação.

— Esse é o Vincent. Que você já deve conhecer. Ele joga futebol americano. — Sorri, imitando a animação infinita de Trudy.

Envolvi ambas as mãos no bíceps dele, que logo pegou a deixa. O garoto inclinou o queixo para Trip, que parecia pior a cada segundo.

— E aí, cara? — perguntou Vincent.

Em um instante, meu ex se virou e vomitou, direto na piscina. Eu sabia que deveria me sentir mal por ele, e meio que me senti, mas, mesmo assim, suspirei aliviada. Naquela circunstância, era Trip que parecia o idiota, não eu. A minha sósia o segurou lá na beirada da piscina, impedindo-o de pular.

— Vou levar Trip para dentro — disse ela, nada animada. A garota o guiou pela beirada da camisa imunda, puxando-o pelo caminho que levava à varanda. No segundo que ele sumiu de vista, soltei o braço de Vincent.

— Qual é o problema, gatinha? — perguntou, passando a mão pela minha cintura, me puxando para perto. A paquera dele me dava náuseas.

Olhei para a esquerda. Voltando a aparecer, a meio caminho da varanda, Trip empurrou a outra Mia para longe e subiu tropeçando. Àquela altura, eu me senti *um pouco* mal... pela garota.

— Isso — voltei a olhar para Vincent e movi o dedo entre nós dois — não vai rolar, não sou sua gatinha. — Eu precisava dar crédito a ele. Vincent não levou mais do que um minuto para concluir que o fingimento tinha chegado ao fim. E menos ainda para virar o foco para outro lugar.

Minutos antes de eu me acomodar no banco do carona do carro de Kurt, alguém entornou cerveja na minha blusa; quase consegui sair de lá ilesa. Trudy e Vincent ficaram no banco de trás, com pouquíssima discussão dessa vez. Ela caiu no sono logo que nos afastamos do gramado imaculado.

Era meia-noite. Atravessei a porta e minha mãe chamou da sala:

— Você se divertiu?

— Sim! Cansada. Vejo vocês de manhã! — gritei e corri pelas escadas.

Eu queria chegar o mais rápido possível ao meu quarto para tirar a blusa suja de cerveja. Meus pais me encorajavam a me divertir. "Aja como uma adolescente normal". Eles sabiam que as pessoas da minha idade bebiam, que iam a festas, mas isso não queria dizer que aceitavam que eu fizesse o mesmo.

Quando cheguei lá em cima, a cabeça de Bennie apareceu na porta dele.

— Você está fedendo — sussurrou. O garoto tinha o nariz de um cão de caça.

— Eu também te amo — respondi. — O que você está fazendo acordado?

O olhar inexpressivo dele relatava o óbvio.

— Hum, dã. É sexta-feira. Não tenho toque de recolher. — Ele sorriu e projetou o peitinho para fora com as mãos nos quadris. Eu ri, sentindo falta do jeitinho fofo que ele falava quando era mais novo, e então, com a seriedade de uma irmã mais velha, disse para ele ir dormir.

Assim que tirei a blusa pegajosa e vesti uma de frio seca, me senti muito mais confortável. Inseri o chip da câmera no computador e olhei as fotos da noite. A maioria passaria bem longe do anuário.

Quase a perdi quando fui fechar a tela: a menina no canto inferior esquerdo de uma foto. O rosto dela estava fixo, virado para longe da festa descontrolada e na minha direção. Sem dúvida nenhuma, era a mesma garota do trem. A que estava na feira.

Voltei para a primeira foto e esquadrinhei cada centímetro, procurando Thanatos, me perguntando se ele também estava escondido.

Repassei cada foto, e nada. No entanto, encontrei a menina em duas fotos distintas em momentos diferentes daquela noite. Dei zoom na que estava melhor, isolei a garota e cliquei em *imprimir*. Um segundo depois, postei a imagem no Snapchat. Dentro de pouco tempo, recebi dezessete respostas idiotas do povo da escola, nenhuma delas tinha a ver com a foto.

Demorou uma eternidade para chegar segunda-feira. Eu não estava mais buscando descobrir a identidade da garota, e fiquei tentada a ligar para Thanatos. Tirar satisfação, descobrir quem ela era. Mas, se eu fizesse isso, ele saberia que estava de olho nele naquela noite na feira, e eu não estava pronta para revelar esse segredinho.

O clima estava bom. O sol da manhã realçava o céu em belos tons de laranja neon. Inspirei o ar puro enquanto pedalava para a escola. Por um instante, todos os meus problemas desapareceram. A sensação não durou muito. Terminei de prender a minha bicicleta e virei a esquina da escola quando Thanatos se aproximou. Senti o cheiro de seu perfume com aroma de baunilha e couro antes de vê-lo. Suas mangas encontravam as pontas das luvas justas em suas mãos.

— Sabe, meus olhos ainda estão doendo por causa daquele spray de pimenta — disse ele.

Eu o encarei. Estava tudo bem com seus olhos, ele só estava de onda. Sorri e parei de caminhar, fazendo quem vinha atrás de mim bater nas minhas costas. Saí cambaleando e recuperei o equilíbrio junto com um pouco da dignidade perdida.

— O que está pegando? — perguntou. De alguma forma, ele sabia que eu queria fazer uma pergunta.

— Me conte a verdade — comecei. — Por que você pegou o meu computador? — Ele abriu a boca para responder, mas eu o interrompi. — Sei que foi de propósito. Mas por quê?

Ele pressionou os lábios e parou de achar graça da situação.

— Eu precisava das anotações. Nada mais, nada menos.

Ou ele estava mentindo ou contando a verdade, os dois me irritavam até a alma. Tirei a foto impressa do bolso e a enfiei na cara dele.

— Me diz quem ela é. — A foto estava perto demais de seus olhos. Ele deu um passo para trás e a tirou dos meus dedos.

— Onde você conseguiu isso? — perguntou ele.
Cruzei os braços.
— Importa?
— Talvez. — Ele devolveu a foto.
— Se quer saber, foi na festa de sexta-feira.
Ele apontou.
— E você acha que eu conheço a garota?
Como eu deveria responder? Não podia contar sobre a feira.
— Acho.
Ele encaixou os polegares enluvados nas alças da mochila e saiu andando. Com as costas para mim, suas palavras soaram abafadas.
— Bem, não a conheço. — Então ele parou e olhou para trás. — Você vem?
O que ele estava escondendo? Por que não podia me dizer que ele e a garota eram amigos? Qual a razão para o mistério? Era namorada ou ex-namorada? Talvez ele quisesse esquecer essa parte da sua vida; algo que eu poderia entender.
Thanatos e a garota não pareceram muito *grudados* na feira, e lá no trem, ele não deixou transparecer que a conhecia, então, na teoria, fazia sentido.
De qualquer forma, ele estava mentindo.
Virou-se e esperou por mim.
Cada centímetro do meu corpo queria correr para ele, mas não fiz isso. Não me apressei, esbarrei em seu ombro ao passar, apertei o passo e o deixei para trás. Não olhei para trás ao aumentar o ritmo e disparar para a aula, passando na frente de outra pessoa. A garota sardenta parou no momento em que me espremi entre ela e a porta.
Thanatos me deixava descontrolada.
Eu me sentei e apoiei os cotovelos na carteira, esperando o Sr. Kapoor começar a falar. Recusei-me a olhar para Thanatos quando ele atravessou a porta e surgiu na minha visão periférica.
Couro envolveu minha garganta como se fosse seda quando ele entrou, e se sentou à minha esquerda.
Ele sairia dali?
— Essa carteira não é sua. — Olhei feio para ele, me perguntando se era alguma artimanha para me fazer falar.
— Ah. — Ele fez círculos sobre a mesa com a palma da mão. — Não é? Bem, eu sei disso. É da escola. — Pausou. — Meus olhos não estão nada bons desde o spray de pimenta lá no trem. O Sr. Kapoor abriu uma exceção,

para eu poder enxergar o quadro. Ser novo aqui significa que tenho que correr atrás para acompanhar as aulas. — Ele ergueu a mão e acenou igual a uma criancinha para o professor, que acenou de volta, então olhou para mim e sorriu.

Todas as vezes que o persegui, jamais o vi de óculos.

— Tudo bem — falei, ao procurar lentes de contatos em seus olhos. — Mas levo essa aula muito a sério, então vê se não me atrapalha. — Minha pele formigou. Mantive a compostura, não deixando transparecer que fiquei feliz com o novo arranjo. Se ele tivesse sido sincero quanto a conhecer a garota e ter acabado com aquela charada... eu seria mais legal.

Talvez.

Thanatos não pareceu surpreso quando o Sr. Kapoor passou um trabalho em grupo na metade da aula. Fomos divididos em duplas, ele e eu formamos uma. Felizmente, não me colocaram com Trudy. Mas, no último minuto, ergui a mão.

— É, Sr. Kapoor? Por acaso eu poderia trocar de dupla?

Todos os olhos se viraram para mim, questionadores.

Aff! Por que fui perguntar aquilo? Formar dupla com o cara me daria mais oportunidades de saber mais sobre ele. Porém, ao mesmo tempo, ficar perto assim dele parecia demais.

— Ele é novo. Vocês vão se dar bem. Certo? — O professor me encarou com as sobrancelhas erguidas. Assenti, e rangi os dentes de frustração.

A tarefa era encontrar uma história, da escola ou não, e relatá-la. O Sr. Kapoor anunciou:

— A melhor matéria vai ser capa do Tiger Eye Press.

Olhei para cima na mesma hora. Se a gente ganhasse e conseguisse sair na capa do jornal da escola, minha inscrição para a Berkeley ficaria muito melhor.

— Usem os últimos quinze minutos de aula para trocarem ideias — instruiu o professor.

Olhei para Thanatos.

— Vamos nos encontrar depois da aula, teremos mais tempo — sugeri, me conformando com o fato de que ele não iria a lugar nenhum, e eu teria que me acostumar. Mesmo o garoto me deixando agitada.

— Não vou poder depois da escola. É melhor de noite — declarou Thanatos, e logo adicionou: — Mas não na minha casa.

É claro que não; você gosta de manter o *mistério*.

— Tudo bem, a gente pode se encontrar na biblioteca — resmunguei.

Não queria que ele fosse à minha casa, minha mãe não me daria paz.

— Certo. — O sinal tocou e, sem dizer mais nada, ele pegou a mochila e me deixou ali sozinha.

— Educado... — falei, quando ele já estava saindo pela porta, longe demais para ouvir.

Meu pai precisou ficar até mais tarde no trabalho. A cozinha cheirava a alho e outras especiarias. Minha mãe tinha acabado de refogar o frango. Ela colocou um prato na mesa para Bennie e eu. Peguei três garfos e alguns guardanapos no balcão.

— Como foi seu dia? — ela me perguntou.

Dei de ombros.

— O mesmo de sempre.

— Não é possível que não teve nenhuma novidade — insistiu.

Balancei a cabeça e levei mais uma garfada à boca. Seu olhar se prendeu em mim por um segundo a mais, talvez esperando que eu desse mais informações.

— Vou ser o representante da sala no concurso de soletrar! — Ben interveio e deu uma piscadinha para mim. Minha mãe sempre ficava mais em cima essa época, mas eu não queria falar dos meus pesadelos. Isso os fazia parecer mais reais.

— Bem, mas que notícia maravilhosa — arrulhou ela. — E agora?

Enquanto os dois falavam do concurso, vi as horas no telefone. Faltava uma para eu me encontrar com Thanatos.

Quando estávamos terminando de comer, tio Shawn ligou para a minha mãe.

— Já volto — ela articulou com os lábios para mim, apontou para o corredor e foi até o escritório para concluir a conversa. Ben e eu tiramos a mesa e deixamos a louça na pia.

Peguei a torneira e comecei a tirar o excesso de comida do prato. Quando Ben foi pegá-lo, virei a mangueirinha e molhei-o. Ele saltou para trás.

— Ei! Qual é! — respondeu, e enfiou a mão na frente, antes que eu tivesse a chance de fechar a torneira, e jogou uma mãozada de água em mim.

Ergui as mãos em rendição, rindo o tempo todo.

— Tá. Tá.

Peguei um pano e sequei o chão.

A campainha tocou. Os passos da minha mãe soaram indo do escritório até a frente da casa.

A voz que veio de lá me fez parar na hora o que estava fazendo.

— Mia, um cara *gatinho* está aqui para ver você — disse minha mãe, bem alto. Fechei os olhos com força, me encolhendo.

Engoli em seco e percorri o corredor com cautela. Com as costas da minha mãe viradas para mim, vi Thanatos na varanda, me olhando por cima do ombro dela. *Por que esse cara está aqui?*

Quando me aproximei, minha mãe se virou com pura felicidade irradiando do rosto.

— Oi, Thanatos — resmunguei. — O que aconteceu com a biblioteca?

Ele não estava de luva.

Como ele sabia onde eu morava?

— Bem, você não vai me apresentar? — perguntou ela, animada. Não parecia que minha mãe deixaria aquilo de lado.

— Ah. — Cruzei os braços. — Pensei que vocês já tivessem feito isso.

Minha mãe não respondeu, nem Thanatos, ambos esperando ser devidamente apresentados.

Dei um passo à frente, ainda de braços cruzados, e resmunguei com indiferença:

— Mãe. Thanatos. Thanatos, essa é a minha mãe.

— Que nome legal — disse ela, sorrindo para o garoto.

Ele enfiou as mãos nos bolsos.

— É um prazer te conhecer, Sra. Hieskety.

— Pode me chamar de Katherine. — Ela estendeu a mão. Minha mãe fazia questão de ser chamada pelo primeiro nome; sempre dizia que criava uma conexão mais sincera. Deve ser a orientadora pedagógica nela.

Os olhos de Thanatos foram para as mãos dela, e de um jeito que soava minimamente insultante, ele respondeu:

— Fobia a germes, peço desculpas. — Manteve as mãos no bolso.

Por um instante, a mão de minha mãe se moveu no espaço vazio entre eles, e então, sem nem pensar duas vezes, ela falou:

— Eu entendo. Já tive alguns alunos com germofobia. — Se havia alguém que não julgaria aquilo, era ela. Eu, por outro lado, achei meio estranho; ele estava no trem, sem luvas, tocando assentos e qualquer outra coisa com que tivesse contato, e não pareceu se importar.

— Eu estava meio que esperando que Mia e eu pudéssemos fazer o nosso trabalho — declarou, enquanto os olhos vinham na minha direção.

Minha boca e meu cérebro entraram em conflito. A sensação de estar perto dele era como eletricidade estática. O garoto fazia os pelos dos meus braços se arrepiarem e, ao mesmo tempo, eu ansiava pela dor desconhecida que poderia surgir quando estava perto dele. E eu queria, mas também tinha medo dele.

— E quanto a amanhã? — sugeri, querendo engolir as palavras assim que as disse.

— Que bobagem — interveio minha mãe. — Thanatos já está aqui. Vou distrair o Ben enquanto vocês trabalham. — Minha mãe colocou a mãos nas minhas costas e apertou de leve, dando um pouco de encorajamento, enquanto o garoto entrava sem ser convidado.

oito

— Tudo bem. — Olhei para as escadas. — Acho que a gente pode ir para o meu quarto. — Claro, minha mãe acharia ruim se eu levasse um cara bonito para lá.

— Ótimo ideia — respondeu ela, e foi para a cozinha, deixando Thanatos e eu a sós.

Ergui o dedo.

— Só um minuto — falei.

Eu me virei e subi correndo as escadas, sem saber quanto tempo eu teria.

As roupas que descartei para a festa ainda estavam espalhadas pelo chão, e minha cama estava desarrumada. Joguei as roupas no cesto e puxei o edredom para dar uma disfarçada. O quarto não estava terrível, mas, além de Kurt, nenhum outro cara jamais esteve no meu quarto, nem mesmo o Trip. Esse era o meu espaço.

Minhas mãos estavam suadas, e liguei o ventilador de teto, tentando melhorar a circulação de ar. Meu quarto não era fedorento, mas também não cheirava bem. Por que eu me importava? Risquei um fósforo e acendi uma vela de canela. Era demais? Ele pensaria que era uma tentativa fraca de ser romântica?

Aff! Soprei a vela e abanei o ar para dispersar a fumaça.

Quando abri a porta para gritar para Thanatos subir, eu o vi sentado lá em cima nos degraus, com os cotovelos apoiados nos joelhos.

— Ah. Certo, entra. Eu acho — falei.

No instante em que me virei, de repente percebi que não sabia onde me sentar. No chão? Na cama? Não. Talvez. Havia uma cadeira no canto do quarto, mas estava cheia de... bichinhos de pelúcia.

Thanatos olhou os brinquedos ao passar os olhos pelas paredes azul-celeste, reparando em tudo.

— Cor bonita — disse ele. Eu me encolhi.

Em uma fração de segundo, optei pelo chão, apoiei as costas nos pés da cama e dobrei os joelhos para cima. Thanatos se arrastou, passando os dedos por tudo, incluindo o porta-retratos que tinha uma foto minha com Kurt. Ele a pegou e a encarou.

— Então, alguma ideia? — perguntei, tentando desviar sua atenção das minhas coisas.

Ele colocou o objeto de volta na cômoda e se virou. A cada passo que dava, meu coração acelerava. O cheiro da vela recém-acesa pairava no ar. No segundo que ele se aproximou o bastante para se sentar ao meu lado, saltou na cama. Suas mãos se esticaram para os lados, afofando meu travesseiro sob a sua cabeça.

Fiquei de pé em um salto.

— O que você está fazendo? — Rodeei os pés da cama. A invasão da minha privacidade pôs fim ao acelerar do meu coração.

Ele nem se moveu, simplesmente encarou o teto. Agarrei a cabeceira e a sacudi, balançando a cama.

O cara se sentou, se virou e apoiou no chão os pés cobertos pela meia. Quando ele tirou os sapatos? Ao se sentar de frente para mim, o rosto não ficou distante do meu, e o cara estendeu o braço e se aproximou mais; cada milímetro dos seus lábios aumentou conforme reduzia a distância entre nós.

Inclinei a cabeça para trás e apoiei a mão em seu peito, detendo-o.

— O que você pensa que está fazendo? Você pode ter conseguido tapear a minha mãe, mas eu não sou assim tão fácil.

Ele riu e se afastou, mostrando o porta-retratos digital que segurava na mão direita; um que estivera na minha mesa de cabeceira. Meu estômago revirou de vergonha quando percebi que ele não estava tentando me beijar.

Thanatos pressionou o botão e virou a moldura. A imagem pausada era da minha família, há anos, quando eu era ainda mais magra e esquisita, e meus óculos marrons, grandes demais para a minha cabeça.

— Foto legal. — Ele sorriu.

Tomei a moldura dele e a coloquei virada para baixo sobre a mesa.

— Por que você está aqui? — perguntei, entre dentes, me questionando quais eram as intenções dele. Eu parecia meu pai falando. — Vai embora. — As palavras escaparam sem ênfase nenhuma.

Ele sorriu e tirou um papel amarelo do bolso de trás, então o desdobrou, entregou-a a mim e voltou a se deitar. Eram suas ideias para o projeto; a letra estava um pouco esgarranchada, como se tivesse escrito tudo com pressa. Olhei para ele.

— Você está aqui para fazer o trabalho? — A lista me deixou surpresa; ele não me pareceu o tipo de pessoa que planejava as coisas ou que se importava com anotações, mesmo que o projeto tenha sido de última hora.

Li a lista. O primeiro item, a comida nada nutritiva da cantina da escola — engraçado, mas já tinha sido feito. Prossegui e fiquei tensa com o quinto item: sequestros e desaparecimentos. A palavra *sequestro* parecia ter sido reescrita sobre uma que foi apagada: *seu*.

Meus dedos começaram a tremer, mas o suficiente para que apenas eu notasse.

— Você está de sacanagem, né?

Ele gostava desse tipo de piada? Não achei que soubesse do meu sequestro, por ser novo na escola e tudo o mais...

— Como assim? — Suas mãos permaneceram atrás da cabeça; os tornozelos, cruzados.

— Você sabe sobre o quê.

Ele suspirou e se sentou.

— Não, por que você não me diz?

Eu o encaro, procurando qualquer indício de sarcasmo em seus olhos.

— Desaparecimentos. — Eu não conseguia me obrigar a dizer sequestro em voz alta.

Thanatos se sentou e apoiou as costas na cabeceira. Com um leve erguer de ombros, ele falou:

— Um adolescente foi declarado desaparecido há alguns meses. Ainda não sabem se ele fugiu ou se o levaram. Tem que haver alguma explicação.

— E?

— E o quê? — Ele passou as pernas para o lado da cama. — Tem algo a adicionar?

Dei um passo para trás.

— Não. — Pensei no meu passado. Mordi a unha, refletindo. Não olhei para Thanatos. Talvez eu estivesse criando tempestade em copo d'água. Afinal de contas, a lista tinha sido escrita às pressas, e talvez ele tenha tido a intenção de escrever algo que não fosse seu. Algo que não tinha nada a ver comigo.

— Não — respondeu ele, incisivo.

Parei de morder a unha.

— Oi? — *Não?*

A voz dele ficou séria, não estava mais brincalhona.

— Não é uma boa ideia, ainda mais para um trabalho qualquer da escola.

— O que não é uma boa ideia?

— Os desaparecimentos.

Ele disse *qualquer* como se de repente tivesse virado um relatório idiota. A mudança da atitude despreocupada deixou um gosto ruim na minha boca. Eu não conseguia entender o cara.

— Tudo bem. Vamos com a da cantina — respondi, relutante. Não importava quantas matérias já tenham sido escritas sobre o local, sempre eram divertidas. E quanto mais divertida a matéria, mais leitores, o que ajudaria nas minhas chances de vitória.

Thanatos voltou a calçar as botas.

— O que é isso? — Ele passou pela mão o tecido acastanhado que abrigava as minhas facas e o desenrolou sobre a cama. As pontas cegas delas se sobressaiam de cada bainha. Ele pegou uma e examinou a lâmina brilhante, passando o dedo pelo fio. — Não pensei que você gostasse de facas.

Peguei a adaga fria de sua mão e a guardei de novo na bainha, em seguida enrolei tudo e atei o laço que havia em volta.

— Bem, já eu não sei nada sobre você, né? — Coloquei tudo na beirada da mesa, perto do porta-retratos virado, então apontei o polegar para a porta, indicando que estava na hora de ele ir embora. Thanatos entendeu o recado.

Não ficamos muito tempo no meu quarto, mas quando meu pé atingiu o último degrau, minha mãe apareceu no corredor, como se estivesse à espera. Meu pai estava na sala, assistindo ao jornal. Uma voz ecoou da televisão enquanto uma mulher gritava "inaceitável" em um megafone. Pelo que notei, o protesto era pela indiferença das autoridades com os amigos desaparecidos. As pessoas sumidas estavam todas em situação de rua.

Meu pai trocou de canal.

— Tudo bem? Estudaram direitinho? — perguntou a minha mãe, com o olhar alternando entre Thanatos e eu.

Eu me aproximei da porta, de costas para ela, e revirei os olhos.

— Não estávamos *estudando*, mãe — respondi, me perguntando se ela havia captado o que eu estava insinuando, fazendo a presença dela ser mais engraçada e menos autoritária.

— Thanatos, sinta-se à vontade para voltar quando quiser.

Eu me virei. Ela continuou sorrindo, fazendo pouco da minha declaração inventada.

— Pai — gritei para ele, no sofá, esperando que viesse a meu socorro. Com um gesto de indiferença, que não ajudou em nada, ele riu.

— Ela está além do meu controle.

— Mãe, por favor. Saia — implorei, não me atrevendo a olhar para Thanatos. Não queria ver a reação zombeteira ao meu sofrimento. A expressão óbvia dela fez meu estômago revirar. A presença de Thanatos na minha vida adolescente abasteceu seu cérebro igual a café logo de manhã; isso estava claro.

Ela deu um tapinha no meu ombro antes de se afastar. Provavelmente já me torturou o bastante.

Thanatos virou a maçaneta e abriu a porta.

Quando a passagem ficou larga o bastante, quase o empurrei para fora.

— Tchau — falei, louca para esquecer aquela visita vergonhosa o mais rápido possível.

Ele se virou e enfiou o bico da bota na porta, me impedindo de fechá-la.

— Vou te pegar de manhã para irmos à escola.

Congelei, e reabri a porta.

— Espera, como assim?

— Podemos usar o tempo extra para o planejamento — respondeu, despreocupado, então se virou, sem esperar resposta.

Ele entrou em seu carro potente. Minha resposta ficou presa na garganta conforme seus faróis se afastavam da frente da minha casa.

O que acabou de acontecer? Perguntei a mim mesma, parada ali à porta.

nove

Depois de uma noite insone, minha mente estava em farrapos. Passei os dedos pelo meu cabelo não cooperante, *de novo*. Desisti e o prendi em um rabo de cavalo bagunçado. Tinha calombos em todos os lugares errados, nada do que eu fazia adiantava. Depois de quatro tentativas, consegui prender para cima e encarei meu perfil no espelho. *Tão bom quanto pode ficar.*

Com os óculos no rosto, segui para a cozinha para preparar meu cereal. Depois de adicionar leite de amêndoas, me larguei na cadeira, girando a mistura sem prestar muita atenção. Eu não conseguia comer, meu estômago estava revirado.

Larguei a colher, que tilintou na lateral da tigela laranja. Os grãos ficavam mais moles a cada segundo que passava. Meus pais já tinham ido trabalhar e deixaram Bennie na escola. A casa vazia ecoava igual a um caixão vazio. Um zumbido baixo soava nas minhas orelhas, vindo dos canos velhos da cozinha. As emendas do teto rangiam aqui e ali. Lá fora, um pássaro cantava, talvez tentando encontrar uma forma de entrar na estufa de novo.

O rock de rua do meu telefone interrompeu o silêncio ensurdecedor; Kurt estava ligando.

— Ele já chegou? — perguntou o meu amigo.

Pigarreei.

— Não. — O vazio do outro lado da linha esperava uma resposta mais completa. — Ainda não, mas deve chegar daqui a pouco.

— Bem? O que você vai fazer?

— Não sei. Se eu conseguir terminar de comer, talvez só fuja dele e vá de bicicleta. — Peguei uma colherada e a virei de lado, deixando o cereal cair no leite.

O som do carro de Kurt ecoava pelo telefone ao mesmo tempo que eu ouvia alguém dar ré lá na frente.

— Espera — pediu ele. Trudy estava ligando.

— Não posso, ele chegou. — Empurrei o cereal para longe. — Tenho que ir! — gritei, e desliguei, sem saber se Kurt me ouviu.

Em vez de ter um milhão de pensamentos circulando na minha cabeça, não havia nenhum. Minha mente estava em branco. Eu não sabia o que fazer, por isso optei pelo lógico: ir para a escola com Thanatos. Em um único movimento, apanhei a mochila no chão e a joguei sobre o ombro.

Meu cabelo estava legal... né? Olhei o meu reflexo em um quadro pendurado no corredor e passei os dedos uma última vez pelos calombos. Eles agarraram na alça da minha mochila.

Eu parei.

Estava esquecendo de alguma coisa.

Corri para a cozinha e vi os óculos ao lado da tigela de cereal. Eu os coloquei e respirei fundo.

— Mia, você está sendo ridícula — falei comigo mesma.

Ao me aproximar da porta, consegui ver uma sombra diante da longa janela na lateral. *Ele veio até a porta?* Pensei que ele buzinaria e esperaria no carro.

Abri antes que o garoto tivesse a chance de tocar a campainha.

— Oi — suspirei.

Mesmo sabendo que o cara estava lá, ele ainda me assustou; me encolhi ao vê-lo.

— Bizarro? — perguntei, sarcástica, o que soou estranho.

— Que bom que está feliz em me ver. Pronta?

Meus olhos dispararam para a esquerda, para o portão fechado da garagem, e pensei na minha bicicleta lá dentro.

— Sabe, um monte de gente se agarraria à chance de pegar carona com um cara bonito igual a mim. Bem, sua mãe disse "gatinho". Mas não importa.

Eu me afastei um pouco, pensando se deveria dar meia-volta e entrar em casa.

— Qual é, sou tão ruim assim? — perguntou ele.

Endireitei os ombros.

— Tudo bem. Mas não vou voltar para casa com você.

— É claro que não. Não te convidei.

Ele estava falando sério? Nunca perguntei sobre ir à sua casa. Abri a boca para responder, mas ele riu e se virou. Hesitei, em seguida tranquei a porta e fui atrás do garoto.

Cada passo em direção ao carro parecia vacilante e pesado, como se eu estivesse andando na areia com anilhas nos tornozelos. Passei bem longe do capô e demorei bastante para abrir a porta do carona. Thanatos se acomodou no banco do motorista e agarrou a marcha.

O couro ébano do lado de dentro combinava com o exterior polido. O assoalho era imaculado, nada de papel e outras porcarias; bem diferente do carro do Kurt. O cheiro gostoso do perfume de Thanatos estava arraigado em cada fibra do lugar. Olhei para o banco de trás e, quando fiz isso, ele pegou minha mochila do meu colo e a colocou ao lado da sua lá atrás.

Meu coração começou a acelerar; a mochila era uma barreira de conforto. Agora eu me sentia exposta. Tenho certeza de que se eu dissesse alguma coisa, ele devolveria, mas fiquei quieta e respirei, cada detalhe inacreditável de mim sentada ao lado do cara por quem eu estava procurando há tanto tempo. Pensar naquela noite que o persegui de repente pareceu imprudente. Como se ele estivesse sentado perto demais, e meus pensamentos de alguma forma fossem saltar da minha cabeça para a dele.

Desviei o olhar para a janela do carona.

— Você escavou alguma coisa ontem à noite? — perguntou ele, ao pisar na embreagem antes de engatar a ré. A mão enluvada roçou meu pescoço quando ele estendeu o braço no encosto do meu banco. Ele se virou para olhar pelo para-brisa traseiro.

Arrepios se espalharam pela minha pele por causa da conexão elétrica, e afastei o olhar de novo.

— Escavei? — *Tipo no chão?* — Como assim?

Ele abaixou o braço, olhou para frente e trocou a marcha. O painel não era digital. O rádio era um botãozinho antigo que a gente precisava girar para encontrar uma estação. No lugar da câmera de ré estava um toca-fitas. Pelo menos era o que eu achava que era.

— Sobre o desaparecimento — respondeu, enquanto dirigia.

Coloquei o dedo no toca-fitas e pressionei alguns botões, mas não aconteceu nada; nenhuma fita. Olhei para ele.

— Pensei que tivéssemos decidido pela cantina.

Deu de ombros.

— É mesmo. Esqueci.

Se fosse o caso, então era ainda menos importante para ele do que pensei, e me perguntei se eu teria que escrever aquela matéria sozinha. Apertei mais alguns botões e o rádio ligou.

— Então, há quanto tempo você está com esse carro? — Eu me inclinei e abri o porta-luvas. Estava vazio, igual ao chão.

Thanatos o fechou e desligou o rádio.

Olhei para o teto e passei os dedos lá.

— Há alguns anos — respondeu.

— Há alguns anos?

Thanatos dirigia com uma das mãos na marcha e a outra no volante, o cotovelo esquerdo na janela. A luz da manhã a atravessava, mas o reflexo dele era interrompido pelo braço bloqueando o sol. Mangas longas. Por que às vezes ele usava roupas que o cobriam do pescoço até os pés? Se eu perguntasse, ele pensaria que eu estava xeretando?

Durante o trajeto, notei que fazia uma semana que eu não ficava enjoada. As dores no estômago ficaram na lembrança. Na verdade, no momento em que o vi na sala, o latejar também desapareceu.

Afastei o olhar da janela, e revirei aquilo na cabeça. Eu *tinha* me sentido doente desde então. Naquela noite no trem, quando ele mencionou o centro de Houston, uma aflição dolorosa me tomou. Talvez fossem só os nervos, por causa da minha história, e não por causa dele.

— Onde você estudava? — deixei escapar, do nada, e virei os ombros para ele.

Thanatos seguiu adiante, dirigindo devagar. Ele moveu o queixo para mim.

— Em lugar nenhum que você conheça.

— Isso não é resposta. Qual é o nome da escola? — Havia três escolas na região que cresciam a cada dois anos para receber mais estudantes. Se o cara não veio transferido de uma delas, significava que não era daqui.

— Você morou aqui a vida toda? — rebateu, respondendo minha pergunta com outra.

— Desde que me lembro. — Estreitei os olhos para ele, deixando-o saber que eu tinha entendido a dele.

Suas sobrancelhas arquearam, e ele não disse nada.

— Sim, nasci aqui — falei, por fim. *Razão pela qual mal posso esperar para ir embora, me mudar para outro canto*. Resmunguei a última parte. Eu não gostava muito de estranhos nem da ideia de ficar sozinha em uma cidade desconhecida, mas também não gostava da proximidade com Houston.

— Bem, então você não vai conhecer a minha escola. — Ele sorriu, como se desfrutando da vitória.

Bufei e cruzei os braços, suas respostas vagas não tinham graça nenhuma. Nós viramos uma esquina cheia de espinheiros crescidos demais. Os arbustos densos faziam vez de cerca entre a calçada e a casa atrás deles. Kurt e eu costumávamos nos esconder em lugares parecidos quando mais novos, brincando de esconde-esconde. Os que contornavam a casa dele haviam pegado uma praga que matou todas as folhas e, por fim, as raízes também se foram, o que nos fez buscar outros lugares para nos esconder.

Não demorou muito, e eu já estava vendo os postes que se elevavam do campo da escola.

— E o que você faz por aqui para se divertir? — perguntou.

Diversão não era algo que fazia parte dos meus planos, além da escola e das poucas festas.

— Passo tempo com Kurt. — Fiz uma pausa, pensando no que havia na cidade. — Tem o boliche... e um cinema perto da estrada. — A Via 6 era a principal da cidade, todas as outras ruas davam nela, de um jeito ou de outro, conectando as mais antigas que dariam no centro da cidade. Era difícil eu ir ao cinema; preferia alugar um filme e comer pipoca em casa. E não jogava boliche desde os treze anos. Meio que perdeu o encanto depois que fui para o ensino médio.

— E a família? Além da sua mãe, é claro. — Thanatos virou outra esquina. A escola ficava ao fim de uma rua longa que tinha cinco semáforos.

— E a família — repeti, pausando antes de responder, esperando que se eu fizesse isso, ele me contasse mais sobre si mesmo. — Minha avó mora com quatro pessoas em uma casa de dois quartos. Fica a uma hora daqui, a meio caminho de Gaige. Não vou muito lá, a gente se fala basicamente por telefone. Tenho um tio, que é advogado e mora em Houston. Eu o vejo uma vez por ano, na época das festas.

— Nada de primos e outros familiares? — As perguntas dele eram infinitas.

Balancei a cabeça em resposta.

— E você?

Ele virou ao fim da rua e entrou devagar no estacionamento.

— Chegamos. — Estacionou, desligou o motor e me entregou a minha mochila.

Enquanto ele saía, voltei a perguntar:

— E você? — Deslizei pelo capô, para me certificar de que ele não se esquivasse da pergunta.

Enfiou as mãos enluvadas nos bolsos.

— Uma mãe, um pai e duas irmãs.

Esperei por mais detalhes: onde ele morava, de onde era, por que estava ali... mas, em vez disso, ele passou por mim, apertando o passo, como se tentasse me deixar para trás.

Ergui a voz.

— E VOCÊ?

Ele não parou.

Dei uma corridinha e o puxei pelo ombro, forçando-o a parar quando começou a subir as escadas. Estudantes nos contornaram, olhando estranho para a gente ao se dispersarem ao nosso redor como se fôssemos água e óleo.

— Você não pode tratar as pessoas assim — falei, um pouco mais alto do que a minha intenção. — E por que você está andando tão rápido?

Ele moveu os ombros, em uma postura de não-estou-indo-a-lugar-nenhum, tirou as mãos dos bolsos e cruzou os braços.

— O que foi?

Dei um passo para trás, ciente do seu olhar defensivo.

— Qual é o seu problema!?

Ele descruzou as mãos e inclinou a cabeça.

— Você tem inimigos? — perguntou, mantendo a postura superior um degrau acima de mim, completamente alheio ao meu rompante.

Irritada, subi dois degraus, igualando a sua altura.

— Qual é a sua? — *Se eu tenho inimigos?*

Ele pressionou os lábios.

Balancei a cabeça, não como uma resposta.

— Foda-se. — Acenei seu corpo de cima a baixo. — Não sei nada sobre você e não vou responder mais às suas perguntas ridículas. — E subi correndo, me afastando dele.

Sua voz soou às minhas costas.

— É um sim ou um não?

Eu me recusei a olhar para ele, me perguntando de qual lado do tribunal eu encontraria Thanatos.

— É claro que não. Eu mal tenho amigos, que dirá inimigos. — A porta estava quase se fechando, e me espremi por lá antes que acontecesse, deixando-o lá fora.

Mas não demorou muito para ele me alcançar. Incapaz de me esquivar do garoto, caminhamos juntos até a aula. Trudy estava curvada sobre a mesa, sem fazer contato visual com ninguém, passando esmalte vermelho nas unhas.

— A gente vai se encontrar amanhã à noite — disse Thanatos, ao se sentar na carteira ao meu lado. — Na minha casa.

Coloquei a mochila no chão quadriculado e balancei a cabeça.

— E a gente vai se encontrar para quê?
— Para fazer o projeto, é claro — respondeu ele.
— Pensei que eu não tivesse sido convidada.
Ele deu de ombros.
— Bem, agora você foi. — Ele abriu um sorriso inescrutável.

Depois da aula de jornalismo, vi Thanatos no refeitório pela primeira vez. Ele comia, sem luvas, na ponta de uma mesa cheia de alunos de séries abaixo da nossa. Mas estava essencialmente sozinho, sem conversar com ninguém. Uma menina de cabelo encaracolado se aproximou e perguntou se o assento ao lado dele estava vago, mas a resposta dele a fez dar meia-volta. Ela revirou os olhos e voltou para uma mesa cheia de meninas que deram risadas por ela ter sido rejeitada. A garota deu de ombros para o deboche delas, e estremeceu ao olhar para trás, para Thanatos.

Eu me perguntei se o cara estava guardando o assento para alguém ou se só não queria ficar perto dos outros. Kurt saiu da fila da cantina na hora que tomei a decisão de não ir até lá descobrir.

Trudy estava sentada na minha frente, esperando pelo meu amigo. Ela tirou um espelhinho da bolsa e passou brilho labial. O ranço me fez balançar a cabeça quando ela estalou os lábios recém-pintados e os franziu para o espelho.

Quando Kurt se acomodou ao lado dela, a garota passou os olhos pelo feijão refogado e o burrito de queijo.

— Que montão de calorias, Kurty — disse ela, com a voz suave de menininha, cutucando a tortilha gordinha com o garfo de plástico, igual Ben fazia quando não queria comer ravioli no jantar. O burrito sacolejou com as garfadas. — É só que, sabe, eu me importo com você. Quero que fique saudável.

— E eu quero ficar cheio — disse ele, ao enfiar metade do burrito na boca.

Ela deu de ombros.

— Como você consegue comer isso?

Eu não suportava mais aquela ladainha, então voltei o foco para Thanatos. Mas, como era de seu feitio, ele já tinha saído, e seu assento foi tomado por um grupo de caras usando canudo para cuspir papel nos desafortunados calouros que passavam por lá.

Ele comeu rápido assim?

— Só porcos engolem a comida desse jeito — continuou Trudy.

Dando outra mordida, meu amigo sorriu com as bochechas cheias e engoliu.

— E porcos fofinhos?

Ela cruzou os braços.

— Pelo menos corte em pedaços antes de devorar tudo.

Kurt estreitou os olhos e pegou uma faca. Ele fatiou o burrito em pedaços pequeninhos até demais. Feijão e queijo se derramaram das laterais de cada quadrado, mal deixando qualquer coisa dentro das tortilhas.

— Está bom assim? — Havia um indício de irritação em suas palavras.

Trudy sorriu.

— Perfeito. — Ela virou o pescoço e deu um beijo na bochecha dele.

— Perfeição é superestimada — intervi.

Os olhos dela se desviaram para mim e voltaram para Kurt.

— Agora ajeite a postura. Mão esquerda no colo. Cotovelos fora da mesa.

Kurt moveu os ombros ao ajeitar a postura, imitando a dela. Inclinando-se sobre a bandeja, ele espetou um quadradinho de burrito e o levou à boca.

— Seu garfo está ao contrário.

Kurt parecia desconfortável com o queijo pressionado ao pescoço e os ombros rígidos.

Ele poderia ter terminado de comer bem rápido, mas não fez isso. Trudy terminou, levando à boca os morangos que combinavam com a cor de seus lábios. Pensei no dia da festa, em que ela agiu como uma pessoa normal, segurando o meu braço e vibrando com a dança de Kurt; só pode ter sido um delírio. O que o cara viu nela?

Trip apareceu, esquivando-se de mesas e alunos, vindo na minha direção. Quando ele se aproximou, desviei o olhar, fingindo que não o via; esperando que fosse dar meia-volta e ir embora. Quando ele deu um tapinha no meu ombro, eu me virei com relutância, fingindo estar vagamente ciente de sua presença.

— Mia, a gente pode conversar, por favor?

Eu o olhei por um instante infinito. Minha boca estava cheia com palavras não para dizer a ele, porém mais para o seu comportamento. Além do que, ele tinha sido babaca na casa dele, o que não queria dizer que eu precisava me comportar assim também.

Mas o pedido pareceu mesmo meigo e sincero. Olhei para Kurt, que me encarava.

Igual a um animal enjaulado, os olhos de Trip foram para o chão, momento que ele aproveitou para pegar a minha mão. Resisti ao impulso de puxá-la de volta; eu não gostava mais dele desse jeito, talvez nunca tenha gostado. Devagar, com menos repulsa, abri os dedos e os tirei dos dele.

— Então, na outra noite — começou ele.

Meu braço permaneceu rígido, mantendo-o a uma distância saudável. Não queria passar uma impressão errada.

— Eu fui idiota. Um babaca, e você sabe que não costumo agir daquele jeito — ele fez uma pausa. — Fiz papel de bobo, e sinto muito. Foi o que vim dizer.

Inclinei a cabeça, me perguntando a razão para ele estar pedindo desculpas.

— Estar bêbado demais não foi o problema. Sim, concordo que não ajudou, mas estar com aquela menina que obviamente era igualzinha a mim foi meio bizarro.

Trip mordeu o lábio inferior.

— Quanto a isso... foi idiotice. Eu nem convidei a menina, foi um amigo. Foi babaquice. Eu sei.

Refleti sobre seu pedido de desculpas, como amigos que éramos; afinal de contas, tínhamos que frequentar a mesma escola.

— Bem, um amigo te arranjar alguém é pior ainda. Por favor, não se envolva com ela. — Minhas palavras fizeram a esperança surgir em seus olhos, e logo esclareci: — Saia com outras pessoas, menos com alguém que se pareça comigo.

A esperança sumiu.

Ele riu da minha resposta.

— Tudo bem.

O sinal que indicava o fim do intervalo tocou, pondo fim à conversa, mas Trip nem se moveu enquanto me esperava. Encarei Kurt, rogando por ajuda. Mas antes que meu amigo pudesse fazer qualquer coisa, meu ex me convidou para outra festa.

— Tem aula amanhã. Seus pais não ligam? — perguntei. Eu sabia que os meus, sim.

Ele deu de ombros.

— Você vai ou não? — A sensação foi a de que ele estava me testando, e eu não estava nem aí se passaria ou reprovaria. Eu não estava nem aí para o que ele pensava.

As sobrancelhas de Kurt se arquearam de animação; eu sabia o que ele queria que eu respondesse. Olhei ao redor, procurando por Thanatos, me perguntando se ele estava vendo a interação entre nós dois. O que ele pensaria? Acho que eu estava super-romantizando a situação entre nós. Eu não vi o cara em lugar nenhum.

Se eu dissesse sim a Trip, Thanatos acabaria sabendo. E não queria que ele pensasse que eu estava com o meu ex de novo.

Eu não queria me relacionar com ninguém. Então por que me importava tanto?

Trip esperou pela minha resposta.

— Tudo bem. Nós vamos. — Me certifiquei de dizer "nós". Kurt sorriu de felicidade.

dez

Kurt queria que fôssemos sozinhos para a festa; ele deixou bem claro. De alguma forma, poucas horas depois do almoço, ele e Trudy estavam estremecidos. Deve ter sido por causa dos burritos. Para minha felicidade, foi ele que terminou com ela, não o contrário. Meu amigo por fim enxergou que a garota o estava usando, moldando-o para ser o namorado perfeito.

Qualquer que fosse a razão, fiquei feliz pelo meu melhor amigo estar livre. Mas... uma festa na piscina. Traje de banho fazia meu estômago revirar. Não pela ideia de eu colocar um, mas porque centenas de outras pessoas colocariam, outra razão pela qual pensei em chamar Thanatos, mas não chamei. A pressão de uma festa na piscina já era forte. Com Kurt como acompanhante, Trip ficaria bem longe de mim.

Meu amigo conseguia ser intimidante quando queria.

Passei a câmera pelo pescoço e fui lá para baixo.

— Em casa às dez — meu pai me lembrou. — Terminou o dever de casa?

Assenti.

A voz da minha mãe veio lá da cozinha:

— Diga ao Thanatos que eu mandei oi!

As sobrancelhas do meu pai se ergueram e ele coçou o queixo.

— Ele não vai — falei, dei um beijo rápido em sua bochecha e corri para a porta.

O carro caindo aos pedaços de Kurt era uma maravilha. Nós fomos com a janela abaixada até chegar à festa e ouvindo à música dele. Eu estava de short desfiado e uma camiseta meio de praia por cima do traje de banho, ciente de que não entraria na água a não ser que eu estivesse pegando fogo, mas quis estar preparada. Melhor do que ser jogada na piscina totalmente vestida.

Nós atravessamos o portão e estacionamos no gramado perto das fileiras de carros surrados. Torrões de terra estavam faltando onde as rodas dos veículos haviam cavado depois da última festa. A casa enorme se elevava no escuro como se fosse um minicastelo, com campanários e tudo.

Lá nos fundos, o ar estava gostoso e cheirando a cloro... à piscina. Luzes fluorescentes brilhavam sob a água, colorindo-a em diferentes tons de verde, violeta e azul-escuro a cada três segundos. Rock alto explodia ao fundo, e Kurt me pegou pela mão e me puxou adiante.

— Vamos, você sabe que quer estar aqui. — Ele sorriu. A animação fez seus olhos brilharem.

Ele estava meio que certo. Eu queria estar aqui, mas também estava pensando em outra pessoa: Thanatos. Não importava o quanto eu quisesse esquecer o que sentia por ele, isso não mudava o fato de que os sentimentos estavam lá. Desejei ter convidado o garoto para vir junto.

Sorri para Kurt e o deixei me puxar pela mão. Nós nos fundimos ao caos. Tinha bem mais gente do que na última festa, e inclinei a cabeça para trás, querendo esquecer tudo, incluindo os pensamentos emaranhados que levavam a Thanatos.

Kurt soltou a minha mão quando dei voltas com os braços abertos feito asas, me sentindo livre.

Eu girei.

Água espirrou nas minhas pernas quando uns caras saltaram na piscina.

Girei mais e mais rápido, até que pegaram minha mão. Minha visão borrou por causa da parada súbita. Era Kurt, e ele havia me trazido um copo vermelho cheio de cerveja.

Encarei o chão por um instante e dei de ombros.

— Dane-se. Por que não? — Sorri e peguei o copo, o primeiro gole amargo atingiu a minha língua. Depois de três ou quatro goles, o sabor se transformou em uma delícia espumosa e com um gosto que lembrava pão.

Balancei a cabeça e dancei ao som do remix rápido e louco.

Com uma hora de festa, Trip me entregou um segundo copo, pedindo desculpas de novo. Dessa vez, ele não ficou por perto, o que era bom, porque Kurt poderia começar alguma coisa se a careta dele fosse algum indício.

Beberiquei a cerveja.

Eu me sentia muito bem, confiante *de verdade*, talvez até demais. Mas não liguei.

Olhei para a piscina, tirei a blusa e pulei lá ainda de short, não querendo ter o trabalho de tirar a peça. A jato frio da água enviou ondas de consciência para o meu cérebro. Um minuto depois, eu ainda segurava o fôlego abaixo da superfície, a consciência se dissipou. A animação e a confiança escapuliram com ela.

Eu não estava me sentindo tão bem, mas também não estava passando mal. Era mais como se eu não estivesse entendendo meus próprios pensamentos; na mesma hora que a lógica me disse para sair da água gelada, ela foi substituída por uma confusão de palavras. Pensar em algo simples ficou mais difícil do que abrir uma garrafa com a tampa colada nela.

Eu não sabia *como* pensar.

Onde eu estava?

Meus dedos roçaram o fundo liso. Meus pulmões estavam desesperados por ar, mas por quê?

Saí da posição agachada em que estava só porque sim, não porque precisava ou por pensar que era necessário. No momento que minha boca rompeu a superfície, resfoleguei por oxigênio igual a um peixe fora d'água.

Na minha cabeça, eu estava no centro do universo, mas, quando olhei ao redor, pessoas suadas dançavam sem prestar atenção em mim. Kurt ria a alguns metros da piscina.

De quem ele estava rindo?

De mim?

Boiei até o meio da piscina sem nem perceber.

Meu amigo dançava sozinho, rindo com ninguém em particular.

Pensei em nadar, mas a tarefa pareceu árdua, como se pesos tivessem sido amarrados nos meus braços e tornozelos, me ancorando. A risada de Kurt se metamorfoseou em um monstro de boca enorme movendo-se em câmera lenta. Os braços das pessoas que dançavam se alongaram, e elas borraram umas nas outras.

Meus lábios se moveram, mas nada aconteceu. Nenhum som. Senti algo mudar na multidão.

Mais mergulhos. As formas nubladas saíram da piscina, e eu não sabia a razão. Eu deveria sair também? O pensamento surgiu, sumiu.

Eles estavam indo embora, Kurt estava rindo, e eu não sabia o que estava fazendo. Algo escorregadio deslizou perto de mim, como se fosse uma cobra invisível. Parecia escorregadio, mas talvez fosse um copo ou um plástico transparente.

Seja o que fosse, se aproximou, e meu cérebro gritou para que eu nadasse para a lateral, SAIA DA PISCINA.

Em vez disso, observei a cobra vítrea deslizar mais para perto, mas ela foi se endireitando aos poucos, parecendo esticada demais, rígida demais para ser uma cobra.

Estendi os dedos para tocá-la, mas a coisa se moveu mais rápido, não sendo detida pelos meus dedos. Antes que eu desse por mim, fui puxada para baixo, sob a água.

Nadei para cima e bati a cabeça na coisa de vidro que cobria a piscina. Forcei meu rosto a ficar acima da superfície. Queixo. Nariz. A dois centímetros acima da água. Um minuto depois, a bruma começou a se transformar em horror. Percebi o que tinha acontecido.

Vozes abafadas gritavam lá de fora. Braços borrados com dedos longos apontavam para mim. Fui pega pela cobertura eletrônica da piscina, uma que estava completamente fechada. Eu estava presa!

No segundo que percebi o que estava acontecendo, também desejei não ter; fiquei ofegante por causa do nervoso, o que tornava ser difícil respirar sob a sensação de sufocamento. Meus braços e pernas se debateram de novo. Cravei a sola dos pés no chão áspero da piscina para dar impulso para as minhas mãos empurrarem com toda a força a cobertura da piscina. Quando fiz isso, a coisa se moveu só um trisco, mas porque havia uma folga, não por indício de que em breve eu me libertaria.

Gritei; a água entrava pelas laterais da minha boca, estrangulando meu grito, transformando-o em gorgolejo. Bati os punhos na cobertura. A transparência vítrea fazia ser difícil ver com clareza. Pontos de roupa colorida. Gritos abafados.

A música tocava baixinho ao fundo. Será que Trip pelo menos sabia o que estava acontecendo? Se fosse o caso, ele estaria tentando abrir aquela coisa; era por isso que estava demorando.

O medo da cobertura não era nada comparado com a subida da água. Meus dois centímetros de espaço para respirar estava se fechando. Menos meio agora. *Meu Deus do céu.*

Eu costumava gostar do cheiro do cloro que ficava na pele das pessoas depois de nadar: um cheiro gostoso e limpo. Mas, agora, a mistura química amordaçava a minha garganta. Lutei pelo último pouco de ar parado antes que meu nariz e boca conseguissem sugar o que restava.

Não engula água, pensei, em pânico.

Mas meu corpo inalou automaticamente o líquido tóxico.

A privação de oxigênio forçou as convulsões, eu tossi a mesma água só para engolir mais. Fiquei acordada durante tudo aquilo. Espasmos involuntários reviraram meu corpo, me torturando.

Um objeto difuso batia repetidamente lá, porém, antes que eu conseguisse perceber o que era, uma escuridão tranquila apagou a minha visão.

onze

  Vagamente consciente, voltei a mim com uma boca cobrindo a minha. Meus pulmões se encheram com ar mentolado. Por instinto, pus fim àquela conexão e me lancei para frente, vomitando a água da piscina sobre meus joelhos trêmulos. Meu cabelo grudava em mechas pretas e molhadas nas minhas bochechas no que eu arfava, inspirava e expirava, meu corpo à mercê de cada respiração ofegante.

  Ele afastou a umidade do meu rosto antes de erguer meu corpo inerte do chão pedregoso.

  Thanatos...

  Thanatos me embalava em seus braços.

  O pessoal da festa se separou como um mar, abrindo espaço até a varanda. A batida de cada passo me sacudia de levinho para mais perto de seu peito. Ele passou rápido pelos alto-falantes estrondosos e atravessou as portas de correr, entrando na casa de Trip.

  Minhas costas afundaram em uma almofada tão macia que mais parecia uma nuvem. Ou talvez o fato de que estive a um centímetro da morte deixava confortável até mesmo uma cama de pregos. Eu não tinha morrido — de certa forma, eu sabia disso —, um sexto sentido se construiu no meu cérebro, me assegurando de que não desci para outro plano da existência. Mas me perguntei o que teria acontecido se fosse o caso. Eu saberia que não estava mais viva? Um anjo da morte estaria esperando por mim?

  Thanatos impediu que aquele desfecho desolador acontecesse... ele salvou a minha vida.

  O cara agachou ao meu lado no chão e, devagar, eu me sentei com a sua ajuda. O odor herbal da casa de Trip preencheu meu nariz, o aroma tinha como origem os muitos vasos cafonas cheios de lírio tigre em cada mesa; as flores preferidas da mãe dele. Eu odiava o cheiro quando estávamos namorando; era um aroma que se mesclava ao tecido das roupas e das fibras do cabelo dele, mas, agora, foi muito bem-vindo.

  Acima da lareira de cedro adornada com um vaso de lírios branquíssimos estava um retrato de família: a mão tanto da mãe quanto do pai disposta sobre os ombros do filho. Atrás deles, a pintura era uma imagem desfocada de uma parede cheia de prateleiras de livros, a biblioteca da casa. A postura familiar perfeita com sorrisos estéreis me fez querer vomitar mais ainda do que quando engoli água.

Kurt atravessou a entrada curva do salão formal. Antes que ele pudesse dizer qualquer coisa, Thanatos marchou e deu um safanão em um abajur, espatifando a coisa no chão ao lado dos pés de Kurt. Com reflexo rápido, meu amigo bloqueou a mandíbula com a mão quando o punho de Thanatos recuou, ameaçando lhe dar um soco. A raiva dele para com Kurt não fazia sentido. Por que o cara estava bravo com o garoto? Por que se importava tanto?

Eu me levantei aos tropeços do sofá.

— Espera — arquejei. — Thanatos...

— Para! — gritou Kurt para ele, antes que eu pudesse. — Por que você fez isso?

— Você só pode estar de sacanagem — gritou Thanatos em resposta. — Onde você se meteu quando ela estava se afogando, porra?

— Para início de conversa, Mia sabe nadar. Não é, Mia? — Ele se esquivou de Thanatos para olhar para mim.

— Ninguém sabe nadar debaixo de uma piscina coberta — rosnou Thanatos.

Cambaleei em direção a Kurt. Eu confiava nele, mas dessa vez eu não tinha muita certeza se havia sido um erro de julgamento.

— E, em segundo lugar — Kurt olhou para o chão e ergueu os ombros —, cara, não sei o que aconteceu. Em um minuto, eu estava dançando com a Mia, no segundo, era como se eu não soubesse o que estava fazendo. Por um instante, pensei que estivesse falando com a Trudy até o rosto dela se transformar no de com quem eu estava falando: o Vincent. — Ele espantou o pensamento como se tivesse se deparado em um emaranhado de lembranças ruins. — O rosto dos dois mesclado em um único é pavoroso. — Então ele voltou a olhar para Thanatos. — Não sei explicar o que aconteceu. A cerveja devia estar velha ou algo assim. Merda. Eu não sei!

— Você acha que eu acredito nisso? Cerveja velha fez você ter alucinações e quase deixar Mia se afogar porque "você não sabe explicar"? Quem acionou o comando para cobrir a piscina?

Enfim os alcancei perto dos degraus baixos, recuperando o equilíbrio e o pleno controle do meu corpo.

— Espera, não. Ele está falando a verdade — confirmei. Minha memória foi catando o que aconteceu. — O que aconteceu com ele, aconteceu comigo também.

— A cerveja que você estava bebendo era minha, não era? — perguntei a Kurt, quem assentiu. — Foi o Trip que me entregou, ele deve ter batizado com alguma coisa...

— Mia, vou te levar para o hospital — insistiu Kurt.

Balancei a cabeça, esperando esquecer a experiência de quase morte.

— Não, eu estou bem. Além do que, odeio hospitais.

Ele também bebeu a cerveja e parecia bem, então eu ficaria também. Kurt refletiu sobre a minha resposta.

— Então vamos para casa — disse ele, surpreendentemente ansioso para ir embora de uma festa pela primeira vez na vida. Eu não o culpava. Queria confrontar Trip, mas não tinha energia para isso hoje. Ele poderia não ter previsto que eu cairia na piscina, mas, se pôs algo na minha bebida, pagaria por isso.

Preocupação surgiu nos olhos de Thanatos.

— Nenhum de vocês está em condições de dirigir — disse ele, sem expressar emoção.

— O quê? *Você* vai levar a gente para casa? — questionou Kurt.

— Na verdade, sim — respondeu Thanatos. — Mas juro que, se você vomitar no banco de trás, vou te matar. — Os olhos do meu amigo se arregalaram, e mantive o rosto sério. Ele não o mataria, mas Kurt parecia pensar o contrário; Thanatos soou bastante convincente, de um jeito bem-humorado. — Dane-se, vamos.

Thanatos voltou até a mesa ao lado do sofá e pegou algo grumoso e molhado.

— Sinto muito pelo seu equipamento. — Ele me entregou a bagunça do que costumava ser a minha câmera; a lente rachada e quebrada pendia de lá. Obviamente, havia pulado na piscina comigo.

Os pingos de água abriam uma trilha desde a mesa até os meus pés.

— Estava ao redor do seu pescoço quando te tirei de lá. — Meus óculos conseguiram sobreviver, mas a câmera, não.

Kurt me entregou a minha blusa. Eu a vesti, me sentindo exposta.

Naquele momento, eu quis matar Trip. Ele havia posto algo na minha cerveja? Agora não era hora de descobrir. Eu queria ir embora, não procurar por ele naquele mar de gente. O que eu vi nesse cara? Não queria levar a culpa pela pessoa horrível que Trip havia se tornado, mas me sentia um pouquinho culpada. Minha câmera ter quebrado não foi culpa dele. Afinal de contas, eu escolhi "viver o momento", o que pensei ser a coisa certa a se fazer com o aniversário do meu sequestro tão próximo. Mas eu deveria ter ouvido meus instintos na primeira vez que Trip me chamou para sair e eu disse não. Agora havia aprendido a lição. Errar é humano, mas persistir no erro...

Acabou comigo me afogando em uma piscina.

doze

Para meu desgosto, Trip não foi à aula no dia seguinte. Levei a raiva para a educação física. O último sinal tocou nos alto-falantes do canto.

Tirei as roupas suadas rápido e corri do vestiário mofado. Kurt disse que estaria me esperando no estacionamento, e eu queria chegar rápido lá para vencer a disputa pelo banco da frente com Trudy. Tanto alarde pelo rompimento. Acho que as coisas não estavam tão estragadas quanto pensei.

Quando cheguei lá, o carro do meu amigo estava sozinho. A algumas vagas dali, Thanatos estava encostado no capô do seu Impala, com os joelhos para cima. As mãos sem luvas descansavam atrás da cabeça. Um grupo de meninas sorridentes passou e olhou boquiaberto para ele. O carro dele era digno de um salão de antiguidades, ao contrário dos outros ali da escola. O cromo dos para-choques brilhava. A maioria dos estudantes, quando tinha carro, era uma lata-velha caindo aos pedaços. Algo que era mais razoável e que poderia se envolver em pequenos acidentes sem custar uma fortuna.

Com as mãos nos bolsos, saltitei até ele, com animação nervosa se agitando no meu estômago.

O garoto estava esperando por mim? Ele não disse que eu iria de carona até a sua casa e também não perguntei. Mas, depois de ontem à noite, depois de ele salvar a minha vida, talvez estivéssemos além da cortesia e das expectativas.

A meio caminho de lá, ele me viu e se sentou.

— Que horas vamos nos encontrar essa noite? — perguntei, imaginando se ele se ofereceria para me levar.

— Vou te pegar às sete.

Brinquei com alça da mochila.

— Minha mãe pode me deixar lá.

Thanatos deslizou do capô e reduziu a distância entre nós bem rápido.

— Por quê?

Meus braços congelaram e olhei para cima.

— Você está com medo de mim? — provocou.

Seu fôlego cheirava a menta, assim como o chiclete que mascava. Lembranças da noite anterior, dele fazendo respiração boca a boca, salvando minha vida, com aquele gosto de menta, se atropelaram pela minha cabeça. O garoto havia me salvado; não havia razão para ter medo dele.

Dei um passo para trás.

— Não. Deveria? — O sol estava brilhando, e eu soube que meu cabelo suado depois de jogar queimada estava uma bela bagunça. Kurt me gritou, olhei para trás e gemi baixinho. Trudy estava ao seu lado, e ele carregava a mochila da garota. Revirei os olhos.

Thanatos fez um movimento de queixo para Kurt.

— Parece que sua carona chegou. — Ele se aproximou mais um passo. — Vou te buscar às sete. É difícil encontrar a minha casa.

O que eu deveria dizer? Fincar o pé? Eu não queria; eu *queria* que ele fosse me pegar.

— Tudo bem, como quiser. E não, você não me dá medo. — Olhei ao redor dele, para seu carro, depois para o detonado de Kurt. — Sabe, para alguém que não gosta de aparecer, você dirige um carro que chama bastante atenção.

Deu de ombros.

— É só um carro, gosto dele assim.

Assenti, curiosa, e mordi a unha.

— De qual ano é?

Eu não sabia nada de carros, nem queria saber, mas queria estar perto desse cara, então cuspi a primeira pergunta em que pude pensar. Eu me imaginei saltando para o veículo, pedindo para ele me levar para casa. O que ele pensaria? Diria sim?

— 1968.

Assenti, fingindo saber o que fazia um modelo 1968 ser bem mais valioso que um 1998.

— Certo, até de noite.

Na volta para casa, me sentei, mais uma vez, no banco traseiro; Trudy fazia questão de ir na frente porque ficava nauseada, e descobri que eu não estava nem aí hoje. Kurt mudou a estação de rádio várias vezes até encontrar uma que ela queria. Cara, o garoto estava caidinho. Até onde ele pretendia levar aquilo? Nunca o vi trocar a estação por ninguém; música era a coisa mais importante do mundo para ele. Que tipo de poder a garota exercia sobre o meu amigo?

Parecia que as sete da noite não chegaria nunca. Não precisei gastar bastante saliva para convencer minha mãe a deixar Thanatos me pegar para fazermos pesquisa. Na verdade, foi ela quem me convenceu.

— Ele parece um cara legal. Só vai. Vai ficar tudo bem — insistiu ela. No meu quarto, meu pai bateu o pé no tapete, com um bloquinho na mão.
— Qual é o telefone dele?

Passei as pernas pela beirada da cama e congelei.

— Você não vai ligar para ele, né? — perguntei. Aquilo me mataria de vergonha.

— Eu não conheço o garoto. Mas, não, não vou ligar... a menos que seja necessário. — Ele fez uma pausa, e anotou o nome de Thanatos. — Qual é o número?

— Tudo bem. — Passei os contatos até chegar ao dele, e o recitei. Meus pais confiavam em mim, mas meu pai era o mais sensato da dupla.

Às vezes, eu me perguntava se minha mãe se esqueceu do meu sequestro devido ao tanto que ela queria que eu agisse como se nada tivesse acontecido, ou talvez fosse por causa do meu sequestro que ela queria que eu agisse como se nada tivesse acontecido. A forma como ela conseguia bloquear essa parte da minha vida era algo que eu desejava imitar. Sim, ela era mais protetora, mas nunca pedia detalhes. Perguntava sobre os pesadelos, mas era o máximo de complexidade das perguntas dela. Aquela época foi difícil para ela também. Durante um ano inteiro, ela rodeou o assunto, jamais discutiu ou fez qualquer coisa que pudesse me chatear.

Os amigos deles pararam de aparecer; notei como as pessoas tendiam a se esquivar daqueles que passaram por traumas, não gostavam do quanto se sentiam indefesos perto deles. Mesmo meu pequeno grupo de amigos na época, sendo Trudy parte dele, não parecia gostar do fato de que eu não conseguia esquecer o passado com a facilidade que eles queriam. Mas, para mim, esquecer nunca foi uma escolha; os pesadelos se recusavam a parar de me assombrar. No entanto, Kurt era diferente, sempre pude contar com ele. Embora, ultimamente, eu estivesse começando a questionar a lealdade do meu amigo.

E, agora, havia outro cara na minha vida. Onde ele se encaixava nesse quebra-cabeças?

Quando a campainha tocou às sete, eu sabia que era Thanatos.

Desci as escadas com o notebook na mochila, pronta para fazer o trabalho. Meu pai abriu a porta. Sua expressão estava severa quando olhou para Thanatos.

— Amanhã tem aula. Se trouxer a minha filha um minuto depois das dez, essa será a última vez que você vai dar carona para ela. — As palavras dele me fizeram parar de supetão; nunca o ouvi ser tão ríspido com alguém, nem mesmo com Trip.

Meu olhar disparou para Thanatos e depois para o meu pai, que deu uma piscadinha para mim quando beijei sua bochecha e atravessei a porta.

Espiei dentro do carro e joguei minha mochila no banco de trás. Ele se inclinou e a pegou. Com a alça na mão, fechou a porta. Eu me curvei.

— Hum, o que você está fazendo? — exigi saber.

Ele me entregou a mochila, balançando-a no ar.

— Vamos pegar o Bullet.

Agarrei a alça.

— Por que pegar o trem se você tem carro?

— Vai ser mais rápido — respondeu; em seguida, trancou as portas e caminhou para a rua. Então parou e se virou, esperando por mim.

Coloquei a mochila nos ombros. Meus pais não ligariam se o carro dele ficasse lá na frente, embora fossem se perguntar para onde fomos. Como eu explicaria? Essa pergunta ficaria para as dez e cinco.

Olhei para o céu escuro que se enchia com mais estrelas a cada hora, e soltei um fôlego que não notei estar prendendo.

— Tudo bem. — Muita gente pegava o trem se o trajeto fosse mais longo, e dessa vez eu não estaria sozinha.

Eu o alcancei. A estação tinha estacionamento, mas não era bem-iluminado, e todo mundo sabia que era bem provável que veículos que ficavam lá por mais de uma hora depois que escurecia acabassem sendo arrombados.

Caminhamos. Minha mão pendia ao lado da dele, mas suas luvas criavam uma barreira. Por que ele as usava?

Os postes pontilhavam as sombras em cada esquina, e em um momento de pânico interno, meio que desejei ter trazido o spray de pimenta. No caminho, Thanatos estava mais quieto que o normal, não fez pergunta nenhuma. Fiquei quieta também depois de receber uma resposta curta ao perguntar em que ele estava pensando: "Comida da cantina" foi a resposta.

Senti cheiro de queimado. Procurei a fonte, mas não vi fumaça saindo de nenhuma chaminé. Estava quente demais lá fora.

Ele virou à direita na entrada da estação. O cheiro dos sem-teto estava mais avassalador essa noite: falta de banho misturada a excrementos.

Pressionei o ombro em Thanatos quando atravessamos a rampa que levava às plataformas, a presença dele era uma proteção tão boa quanto a do spray de pimenta. Olhei para cima e pensei ter visto um sorriso curvar o canto dos seus lábios, mas, quando espiei com mais atenção, o sorriso havia se transformado em uma expressão solene. Ele estava agindo mais estranho que o comum, e eu não sabia a razão.

Girei a mochila para ficar na frente do corpo, não queria facilitar para os ladrões. Esperamos em silêncio por trinta minutos até que os estrondos do trem se aproximaram. As luzes piscaram quando ele parou e as portas se abriram. Saiu uma multidão de lá. Thanatos avaliou o cenário ao atravessar a massa de pessoas comigo ao lado. Passei os olhos pelo rosto de todo mundo, seguindo o alvo da cara feia do garoto, procurando a pessoa que ele fuzilava com o olhar.

Entramos no trem e houve um solavanco quando ele começou a acelerar. Segui Thanatos pelos vagões e encontramos lugar para sentar nos assentos do meio. Coloquei a mochila ao meu lado; já estava farta.

— Então, como é a sua família? — perguntei, rompendo a tensão. Estava bem silencioso ali, o único barulho era o do deslocar do veículo.

Os olhos dele de repente focaram em mim, os lábios não se moviam.

— Bem?

— O que você quer saber? — A voz dele soou seca e conformada.

— Quero saber muita coisa, mas vou me conformar com você respondendo essa. Suas irmãs, como elas se chamam?

Ele tirou as luvas.

— Minhas irmãs. Bem, elas são *diferentes*.

— *Diferentes*? Diferente tipo não têm um braço ou, do tipo diferentes de você e nasceram com uma personalidade?

Com aquilo, consegui uma reação. Ele revirou os olhos e riu, ficando um pouco mais à vontade.

— São diferentes de mim.

— Tudo bem. Como se chamam? — Se eu as conhecesse hoje, gostaria de saber o básico.

— Keres e Kir.

A voz robótica dos alto-falantes anunciou a próxima parada. Quando a velocidade diminuiu, Thanatos me fez uma pergunta que eu não estava preparada para responder.

— Por que você não gosta de Houston?

Meu coração parou, e eu congelei, sem saber se queria falar de algo tão pessoal.

— Naquele dia, deu para perceber que é problemático para você — adicionou.

Desviei o olhar para as pessoas saindo e outras entrando.

Thanatos era novo ali, o que significava que não sabia do meu passado. Refleti por alguns instantes, mas sabia que ele acabaria descobrindo, então resolvi contar:

— Fui sequestrada quando tinha oito anos. — Hesitei, esperando uma resposta que indicaria que eu deveria parar de falar, mas ele não disse nada. — Uma das poucas coisas que lembro é que fui levada para o centro de Houston. — No meu pesadelo, que era sempre em vários tons de preto e branco, fui tirada de uma jaula por uma pessoa inexpressiva; de longe, um grito de gelar o sangue sempre ressoava, mas o rosto do meu sequestrador nunca aparecia, exceto pelos resguardados olhos cinzentos.

— Você não se lembra de nada? — inquiriu, como se louco para saber mais da experiência horrorosa.

— Basicamente. — Quando o trem voltou a acelerar, olhei para ele. — Assim, uma coisa ou outra, mas nada útil.

Ele assentiu.

— Parece que seu pai não gosta muito de mim. — Ele mudou de assunto, que era o que as pessoas faziam quando eu falava *daquele dia*.

Sorri, permitindo que o desconforto passasse.

— Meu pai gosta de tudo mundo. Foi só uma tentativa meia-boca de te intimidar, mas ele é a pessoa menos intimidadora que existe.

— Igual à sua mãe?

Eu ri.

— Isso mesmo.

— E vocês são próximos?

Dei de ombros.

— Creio que sim.

Uma expressão estranha atravessou o seu rosto.

— Minha família... não é assim. — Percebi que ele estava tentando me contar mais, o que imaginei ser merecido, já que ele sabia tanto de mim.

— Como eles são?

Seu telefone apitou, e Thanatos o tirou do bolso para verificar a mensagem.

— Você vai descobrir essa noite. — Ele sorriu, mas pareceu forçado.

Foi mais como um compromisso do que o simples fato de fazermos um trabalho juntos. Quando conheci os pais de Trip, a gente estava namorando há algumas semanas, e além da casa de Kurt, eu não costumava ir à de ninguém.

A forma como Thanatos estava agindo, toda a peculiaridade, era bem estranha. Estranha de um jeito meio assustador.

A próxima parada foi anunciada, e o trem reduziu a velocidade. Peguei meu telefone, sem saber do que mais falar, não havia mensagens. Voltei a guardá-lo e apoiei as mãos no colo.

— Por que você usa luvas? — Apontei para elas. Os dedos cobertos estavam sobre o assento ao lado dele.

Ele pareceu se incomodar com a minha pergunta, o que não era comum.

— Eu te falei, fobia de germes.

— Na verdade, foi o que você falou para a minha mãe. Mas se fosse "fobia de germes", você estaria usando agora. — O trem era muito mais sujo que qualquer sala ou casa; mãos sujas passavam por cada centímetro da condução, agarravam os apoios depois de passar a mão no nariz e coçar partes do corpo. — Qual é a razão verdadeira?

Ele pareceu relutar, não queria responder.

— É pessoal.

Eu me perguntei se a falta de conversa era por causa da família, ou se eles eram bem diferentes do que ele sugeriu: mais receptivos e agradáveis de estar por perto.

— Não vejo como.

Ele pegou as luvas e as colocou, ignorando minha observação.

— Você precisa me dizer algo, Thanatos. Estou aqui, em um trem, com você, indo para a sua casa, e não sei nada da sua vida. Você sabe que eu fui... sequestrada. Você conheceu meus pais, sabe onde eu moro, trocou de carteira na aula só para se sentar ao meu lado. — Fiz uma pausa, me perguntando se ele rebateria o que eu disse. — Mas você age como se me trazer contigo essa noite fosse uma obrigação. Encara todo mundo que está perto, todo ameaçador e assustador pra caramba. É exaustivo, esse lá e cá: você quer ficar perto de mim, mas também age como se eu fosse um fardo.

Ele se inclinou para frente e apoiou os cotovelos nos joelhos.
— Você acha que eu não gosto de você?
— O que eu deveria pensar?
Ele se recostou.
— Eu gosto de você.

Antes que eu pudesse responder, o trem acelerou, e de uma só vez, percebi algo; eu observava os feixes de luz lá fora e virei a cabeça para as portas às minhas costas. Meu peito se apertou como se uma pilha de tijolos tivesse caído do nada de um prédio de dez andares, arrancando o ar dos meus pulmões.

— Thanatos — arquejei. — Onde você mora?

Seu olhar se aguçou.

Minhas mãos começaram a tremer.

— Houston.

treze

Pânico. Ofuscante, arrasador, pânico de roubar o fôlego. Eu não conseguia me mover; meus braços e pernas estavam congelados de medo.

Eu queria vomitar. Fiquei tonta.

Nossos olhos se encontraram. Os dele estavam frios e distantes.

Se eu desmaiasse, me perguntei, pela primeira vez, se Thanatos faria mal a mim. Se me faria mal de verdade. Eu tinha que ir para casa, dar o fora dali. Atrapalhei-me para pegar a mochila, esquecendo-me de que o spray de pimenta não estava lá. Como eu escaparia dele? Precisava escapar dele. Algo não estava certo, esse cara estava todo errado. Quais eram os seus planos?

Thanatos pegou o meu braço, e apertou. Eu o puxei da mão dele.

— Por que você está fazendo isso? — explodi, lágrimas enchendo meus olhos.

Ele ergueu as mãos na defensiva.

— Mia, eu não estou fazendo nada. Só estamos indo para a minha casa.

As palavras dele repassavam na minha cabeça, mas não comprei.

— Você tinha suas suspeitas de como eu me sentia sobre o lugar. P-por que não me contou onde morava? — Minhas palavras saíram atropeladas. Tentei me levantar, mas não consegui, minhas pernas murcharam até se transformarem em varetas dormentes e desossadas.

— Respira — disse ele.

Meus olhos caíram para o chão áspero. Eu me concentrei em cada inspiração. Contei cada uma até meu coração se acalmar. Controle. Eu me recuperei, mas não muito.

Thanatos apoiou a mão no meu joelho, mas a empurrei para longe.

— Olha. Eu não contei porque senão você não viria — falou.

Meus olhos dispararam para cima, cheios de ódio.

— E você entendeu direitinho. — Dois cenários se passavam na minha cabeça. Se eu ficasse no trem, poderia esperar as próximas paradas e ir para casa. Mas eu estaria sozinha, à noite, sem ter como me proteger, a menos que o cara aceitasse ficar comigo, o que eu não queria. Apanhei meu telefone; eu poderia mandar mensagem para Kurt ou ligar para os meus pais. Eles viriam me pegar. Destravei a tela e abri o aplicativo para procurar os contatos.

Thanatos tomou o aparelho.

— Devolve — exigi.

— Vai ter um carro esperando por nós na estação e nos levará direto para a minha casa. Você não vai precisar ver nenhuma parte do centro da cidade, a não ser pela janela. Prometo.

Ergui a mão, exigindo que ele devolvesse o celular... minha tábua de salvação.

Quando ele o ergueu para mim, o puxou do nada.

— Vou ficar com ele por enquanto.

— Mas nem fodendo. — Disparei para a mão dele e tentei abrir seus dedos, mas a tentativa foi em vão.

Os passageiros nos olharam.

— Por que você está fazendo isso? — Eu estava aterrorizada, lágrimas molhavam minhas bochechas conforme caíam.

— Não vou deixar nada acontecer com você.

As palavras dele não tinham peso e não aplacaram nada do meu medo. Só me assustaram mais.

Sequei as bochechas e convoquei a expressão mais corajosa que consegui.

— Por favor, só me leve para casa.

— Eu não posso. — Ele apertou meu telefone com mais força, e então o desligou. Meus olhos foram de um lado para o outro, indo do aparelho para a minha mochila. Eu poderia mandar mensagem de vídeo para o Kurt assim que chegasse à casa de Thanatos.

Comecei a elaborar um plano, decidindo que, se eu colaborasse, seria capaz de pedir ajuda pelo notebook.

Cruzei os braços.

— Não toque em mim.

Encarei a janela enquanto pontos brilhantes e luzes fortes delineavam os arranha-céus que começavam a aparecer. Os segundos voaram conforme nos aproximávamos do meio da cidade que eu tinha pavor de pisar.

Puxei o colarinho da blusa, engolindo a ansiedade sufocante em minha garganta.

À medida que o Bullet diminuía a velocidade, palavras murmuradas tocavam nos alto-falantes. Eu não conseguia afastar o olhar da janela, era o exato lugar em que fui feita prisioneira.

As portas se abriram.

— Está na hora — disse Thanatos.

Na hora de quê? Peguei a mochila e me levantei do assento com as pernas rígidas feito as de um zumbi, dando um passo de cada vez. Thanatos veio se arrastando ao meu lado.

Ninguém sabia onde eu estava.

Ninguém.

Meus olhos travaram na plataforma de aço lá fora. Arranhões pretos tinham sido estampados no chão de concreto, uma colagem de anos de sapatos deslizando para lá e para cá. Eu me perguntei se os meus deixaram uma marca naquele dia. Não conseguia lembrar.

Meu corpo congelou e coloquei a mão de cada lado da porta, apavorada de dar o próximo passo. Thanatos apoiou a mão nas minhas costas, e eu estremeci.

— O carro está esperando — disse ele.

Meus lábios tremeram e eu saí do trem, passei pela plataforma e deixei a estação.

O lugar era enorme, dez vezes maior que a de Gaige. Inclinei a cabeça para trás e encarei a cobertura abobadada. Pinturas históricas de deuses e deusas penduradas no tecido branco cobrindo o teto champanhe. Pichações coloridas se sobrepunham nas paredes com palavras escritas de forma irregular e que pareciam vir de outra língua.

Uma mulher de meia-idade com o cabelo desgrenhado e um cobertor marrom sujo sobre os ombros circulava por ali, pedindo dinheiro. Ela balançou uma latinha diante de Thanatos; os trocados tilintaram lá dentro. Ele não prestou atenção nela.

O lugar cheirava a gasolina e suor lamacento, e era familiar, uma memória. A catinga me fez tossir.

Com a mão sobre o nariz, procurei pela polícia, por alguma figura de autoridade, mas não havia ninguém. Eu estava sozinha em uma multidão de metropolitanos; só mais uma pessoa, ninguém especial; ninguém a quem um estranho qualquer ajudaria.

A mão de Thanatos se elevou acima do meu ombro, apontando entre as cabeças até a fileira de portas no canto mais distante.

— Por ali — disse ele. Abracei a mochila com força junto ao peito.

A mão dele estava apoiada nas minhas costas, eu me esquivei.

— Acho que disse para você não me tocar.

— Se eu não te segurar, posso te perder — disse.

Observei os arredores, e por mais medo que eu estivesse de Thanatos, estar em um mar de desconhecidos ali em Houston era muito mais perigoso.

— Não vou fugir. Só me solta — murmurei.

Seu olhar hesitou antes de se desviar e ele seguiu adiante. Apertei o passo para acompanhá-lo, sem querer perdê-lo de vista. Mas meus pés se arrastavam, incapaz de dar passos largos em meio à multidão. Nos apressamos em direção às portas de vidro.

Ele empurrou uma delas, e uma rajada de vento úmido soprou lá dentro, bagunçando meu cabelo.

As ruas estavam cheias de veículos que não se importavam com os pedestres. As calçadas abarrotadas com gente indo e vindo, esperando o sinal abrir para atravessarem em segurança. Buzinas, e vozes, e vento, e telas brilhantes eram altas demais para se falar por cima do som que emitiam. Copos de papel estavam pisoteados nas sarjetas imundas.

Olhei para os meus pés. Sob a sola verde-azulada do chinelo, havia uma enorme folha de bordo vermelho-alaranjada presa à calçada cinza. Ergui o pé, e a folha flutuou com a brisa.

Um Buick resplandecente de quatro portas estava estacionado na esquina. Um homem com chapéu preto e traje de mordomo abriu a porta de trás, protegendo-se do fluxo de passantes. Thanatos o chamou de Jack. O garoto se abaixou e escorregou no assento, em seguida deu a ordem para eu entrar. Olhei de um lado para o outro e, relutante, entrei.

Jack fechou a porta.

Eu não conseguia afastar o olhar dos prédios altos pairando sobre nós. A poluição não permitia que víssemos as estrelas, deixando um céu sombrio preenchido pelo barulho do metrô; Kurt chamaria de música. Luzes fortes brilhavam dos outdoors que eram maiores que a minha sala; a decoração dos prédios do centro da cidade.

Meu corpo balançou para o lado quando Jack se juntou ao trânsito.

Uma estranha familiaridade me atravessou, algo parecido com uma lembrança. O tipo de lembrança que eu não queria ter. Lutei com meus pensamentos, tentando abafá-los, sem querer lembrar, sem querer sentir o que estava sentindo.

O carro reduziu até parar no sinal vermelho. A luz do poste brilhava através do para-brisa traseiro, no ângulo certo, iluminando o rosto de Thanatos, lançando sombras entremeadas em seu nariz. Quando seus olhos encontraram os meus, não consegui mais negar. Eu não quis acreditar. Mas ignorar a evidência equivaleria a ignorar a verdade.

Estava claro para mim quem ele era.

— Você já me conhecia de antes da escola? — perguntei, imóvel; apavorada com a possibilidade de me mexer.

Com os olhos fixos nos meus, ele assentiu. Seus lábios estavam rígidos, não diziam uma palavra.

Levei a mão à maçaneta, sabendo que qualquer lugar que não fosse esse carro seria bem mais seguro. Eu precisava dar o fora dali; deveria ter me arriscado no trem. Puxei, mas a porta nem se mexeu. Estava trancada, mesmo eu tentando abri-la, ela não se mexia. Bati a mão no vidro fumê que nos separava da frente do carro.

— Me deixa sair! — gritei. Jack ignorou meus protestos, seguindo adiante.

Hiperventilando, me virei devagar para Thanatos, e foi quando reparei de novo em seus olhos. Eram os dos meus pesadelos; estavam mais velhos e maiores, e não tinham tons de cinza, mas eram os mesmos olhos.

— Por que você está fazendo isso? — gaguejei.

— Prometi que nada de ruim aconteceria. E eu sempre cumpro minhas promessas — disse ele. — Não precisa ter medo. Em poucas horas, você vai estar na cama e isso vai ter acabado. Ok?

Se ele quisesse me matar, ele sabia onde eu morava já tinha tempo, e poderia ter feito isso sem ter que frequentar a minha escola, tornar-se um farol em uma cidade pequena, conhecer meus pais que não se esqueceriam de sua aparência. Kurt não se esqueceria. E ele poderia ter me deixado morrer lá na piscina.

— Ok — gaguejo, incerta do que mais fazer. — Para onde estamos indo?

— Como eu disse, para a minha casa.

O trajeto não foi longo, e a casa dele não era uma casa. O carro parou em frente a um prédio alto com janelas tomando toda a fachada; apartamentos, presumi. Jack abriu a porta de Thanatos, e ele saiu primeiro. Eu me arrastei e apoiei o pé no chão. Ele estendeu a mão enluvada para eu pegar, mas não peguei.

Eu me levantei por conta própria. Para mim já deu de confiar nele.

Jack digitou um código para abrir a porta e nos deixou entrar.

Um homem atrás de um balcão nos cumprimentou; a mão de Thanatos estava nas minhas costas. Jack pressionou o botão do elevador.

Trinta segundos sofridos se passaram até o elevador chegar. Jack havia voltado para o carro, deixando-nos sozinhos. As luzes acima do elevador piscaram, cruzando de andar a andar. As portas enfim se abriram com um chiado.

Eu me preparei. Nada dentro do elevador, nem no prédio, diga-se de passagem, parecia, cheirava ou passava a sensação de familiaridade.

Sentindo-me desamparada, atravessei o limiar do caixão metálico sob o teto iluminado.

Assim que as portas se fecharam, Thanatos deslizou um cartãozinho de plástico em um dispositivo, então apertou um botão. Começamos a subir.

Movi a mochila de um ombro para o outro e segurei o corrimão dourado que delineava as paredes; minhas mãos suadas deixavam marcas cada vez que eu me afastava do garoto. Ele ficou em um canto, e eu no outro. Meus olhos disparavam para todos os lados, com medo de deixar passar algo importante. Thanatos tirou as luvas e, despreocupado, segurou-as às costas.

O elevador parou no trigésimo nono andar, e as portas apitaram ao abrir.

catorze

A doze metros, uma elegante escada em espiral atravessava o teto de uma sala de estar ampla e espaçosa.

Uma mulher com uniforme de empregada nos esperava na saída do elevador. Os olhos dela se fixaram em mim quando saí para a sala. Ela pegou a minha mochila. Na mesma hora, a segurei, por medo de perder meu único meio de resgate, minha saída para esse dilema que só piorava, mas a mulher saiu do alcance.

— Você não vai precisar dela — disse Thanatos, ao me entregar meu celular antes de ela sumir através do conjunto de portas opacas.

— Suponho que não vamos fazer o trabalho — falei, sarcástica, sem saber se meus instintos estavam certos. O que eu sabia era que ele escondia algo de mim.

Dentro de minutos, a funcionária voltou trazendo uma caixa prateada enorme atada com laço de seda graciosamente disposto lá no meio. Ela a segurou diante de mim. Encarei a coisa.

— Deixa comigo — disse Thanatos, interceptando com seus longos braços. Não discuti nem reclamei. Sendo sincera, eu não sabia o que pensar, mal estava me controlando. O medo colou a minha língua ao céu da boca, e fiquei calada.

De onde eu estava, o sofá com cara de macio no foyer e as janelas cênicas da sala de estar, com vista panorâmica da cidade, não combinavam com o cara de blusa xadrez fazendo sinal para a mulher sair da frente. Um cheiro desconhecido e agradável vinha da esquerda dela.

Thanatos inclinou a cabeça para o lado.

— Venha comigo — disse ele. Sua expressão estava mais gentil agora, mais suave e convidativa do que quando ele se sentou diante de mim no trem. O que estava rolando?

Subi atrás dele as escadas que espiralavam até o teto. Elas pareciam infinitas quando olhei para o vácuo vertiginoso acima. Thanatos parou no segundo andar, que na verdade era o quadragésimo do prédio, e eu me arrastei atrás dele por um corredor decorado com obras de arte abstratas salpicadas de carmesim e cinza-claro. Uma pintura chamou a minha atenção, e eu parei; as sombras de misturavam. Se eu olhasse do jeito certo, o contorno de uma boca aberta se formava por baixo de um par de olhos. Era um estereograma. A boca oca lá fez minhas mãos tremerem.

Busquei Thanatos, mas ele já havia dobrado o corredor, e saí cambaleando para encontrá-lo.

Ele abriu uma porta imensa que dava em um quarto com pé-direito alto e afilado acima de uma cama com dossel coberta por dezenas de travesseiros. Os detalhes aos pés do móvel pareciam garras de urso. A cor combinava com a do guarda-roupa e da cômoda, e também os pezinhos curvos e em garras.

O cômodo passava um ar de que não era usado; não havia toques pessoais nas paredes nem nas mesas. Thanatos foi até um armário e o abriu. Estava abarrotado de jeans e camisas xadrez de cores e padrões diferentes. À direita, dois ternos estavam pendurados e cobertos pela capa, pairando lá com sutileza.

Creio que o quarto era usado.

Ele colocou as luvas abaixo das camisas e deixou as portas do armário abertas. A confiança com que ele se movia por ali me fez pensar que o quarto era dele.

O garoto colocou sobre a cama a enorme caixa prateada trazida pela empregada, apresentando-a como um presente gigante e luxuoso para alguém que queria estar ali, o que não era o meu caso. Ele coçou o pescoço e seu olhar se encontrou com o meu.

— Vou esperar lá fora. Troque de roupa. — Quando a porta se fechou, fiquei diante da cama, perplexa e sem saber o que pensar.

Ressabiada, dei um passo à frente e puxei o laço. O tecido robusto caiu sobre o edredom sedoso. Eu a abri com hesitação.

Um vestido sem mangas com decote arredondado estava muito bem dobrado ao lado de um par de sapatos de salto brilhantes, combinando à perfeição com a cor do vestido. Agarrei o traje de tom violeta pelos ombros, tirei-o de lá e segurei-o diante de mim como se fosse um modelito indesejado que minha mãe havia escolhido. Ele esperava que eu vestisse isso? O que estava rolando? Os ponteiros de um relógio antigo acima da cama me lembraram de que eu só tinha duas horas até quando Thanatos prometeu que me deixaria em casa... se essa fosse a intenção dele.

— Vamos acabar logo com isso — falei, em voz alta.

Joguei as minhas roupas na cama, coloquei o vestido lilás e me encarei no espelho de três faces. A saia longa de chifon caía em ondas ao redor dos meus pés. O ar frio roçava minhas costas expostas. Sangue correu das minhas bochechas pálidas enquanto arrepios rastejavam pelos meus braços.

Trêmula, passei os dedos pelo cabelo, tentando fazer algo que combinasse com a elegância do traje.

Meu coração estava acelerado.

Respirei fundo e me virei.

Minhas mãos suadas tremiam quando agarrei a maçaneta e abri a porta.

Assim que me viu, Thanatos abaixou o pé apoiado na parede às suas costas. Seus olhos traçaram o vestido de alto a baixo. Seus lábios se abriram.

— V-venha comigo — gaguejou.

Cruzei os braços.

— Você só vai dizer "venha comigo" hoje? — Imitei seu tom baixo.

Ele se virou.

— O que você quer que eu diga?

— Não sei. — Relaxei os braços, sabendo que nada do que ele dissesse acalmaria meus nervos. — Por que estou aqui. O que está acontecendo. A razão para eu estar usando um vestido de baile — pausei. — O Thanatos divertido saberia o que dizer. Não esse — com um gesto com as costas da mão, prossegui: — o que quer que você seja.

Ele deu três passos na minha direção, chegando perto o bastante para que eu admirasse as pintinhas douradas em seus olhos azuis e castanhos.

— Você está bonita. — Ele estendeu a mão e, sem pensar, eu a segurei. Quando fiz isso, meu coração gritou e meus joelhos curvaram. Thanatos me pegou pela cintura antes que eu caísse no chão. — Péssima ideia — disse, baixinho, me olhando com preocupação.

Segundos depois, recuperei a força das pernas, e me ergui com sua ajuda.

— Não segure a minha mão — sussurrou. — Aqui. — Ele dobrou o cotovelo e coloquei a mão lá.

— Me diz o que está acontecendo. Eu quero saber! — exigi, impedindo-o de dar um passo adiante. — E o que acabou de acontecer quando toquei a sua mão? — Por que tinha doído? Aquilo me aterrorizou mais ainda.

Ele se virou e olhou para mim, mas sua mente parecia estar em outra parte.

— Vou explicar mais tarde. Agora, precisamos jantar.

— Jantar?

— Só venha. — Ele me fez andar com um puxão do braço.

— Por que estou toda arrumada, e você, não? — perguntei, enquanto caminhávamos. Eu estava com um vestido chique. Ele ainda usava a blusa xadrez. A cada passo, a ponta do meu chinelo aparecia por debaixo da bainha. Uma gargalhada escapou de seus lábios e, por um milissegundo, todas as preocupações que eu tinha dessa noite desapareceram.

— Não me dou bem com saltos — informei a ele.

Enquanto descíamos as escadas, o aroma de antes foi surgindo e ficando bem mais forte.

Thanatos me conduziu até um conjunto de portas duplas que se abriam para uma sala com uma longa mesa de vidro abaixo de um lustre salpicado de diamantes. Música clássica tocava ao fundo. Quatro pessoas estavam sentadas ao redor da mesa: um homem mais velho vestindo um smoking com gravata borboleta, uma mulher usando um vestido parecido com o meu, só que verde-esmeralda, e meninas gêmeas que não usavam nada chique: uma com um modelito de couro preto que lhe abraçava os ombros; a outra com um traje feito de outro tecido, porém mais soltinho. Ao vê-las, soube que a menina que vi na feira e a do trem eram irmãs dele: Kir e Keres. Ou talvez eu tivesse visto uma gêmea pálida duas vezes; as duas eram idênticas, até mesmo a pinta acima na bochecha esquerda.

Thanatos me guiou até os assentos vazios à esquerda da mesa, puxou uma cadeira e fez um gesto para eu me sentar.

— Oi, pai — disse ele, ríspido. Com desprezo acalorado, os olhos do homem dispararam para o garoto. As irmãs me abriram sorrisos idênticos e cheios de dentes ao me olharem de um jeito estranho.

— Então essa é a Mia de quem tanto ouvi falar — disse o pai dele, chamando minha atenção para si.

A origem do aroma de antes apareceu quando dois funcionários atravessaram as portas duplas às costas do pai de Thanatos e colocaram bandejas e mais bandejas de comida no meio da mesa: cenouras fumegantes, vagem caramelizada, carne regada com molho e purê de batatas com uma pitada de manteiga derretida no meio. Cada lugar foi posto com uma fileira de talheres, alinhados do menor para o maior, abaixo de um cálice de água mais ao lado de uma taça chanfrada destinada ao vinho. O funcionário, que não parecia ter mais que vinte e poucos anos, passou o braço por cima do meu ombro para me servir o merlot da garrafa coberta por uma toalha branca bordada.

Assenti, decidindo que, se havia hora para beber vinho, era essa. Mas ninguém além do pai de Thanatos estendeu a mão acima da mesa. Assim que tomou um gole, ele revirou a bebida na boca. Com um engolir sofisticado, o homem assentiu para o funcionário esperando por sua aprovação, que, então, começou a servir a comida em cada prato. Partindo da cabeceira da mesa, pelo pai de Thanatos, seguiu em sentido anti-horário, em direção às gêmeas.

Keres e Kir tomaram seu vinho, e eu fiz o mesmo. Nunca havia bebido vinho, embora minha mãe tomasse uma taça vez ou outra. Além da cerveja amarga que uma vez afanei da geladeira, e da noite desastrosa no Trip, nunca tinha bebido nada alcoólico. O sabor não era o que eu esperava quando o líquido cor de sangue tocou a minha língua: ousado, insípido e picante, tudo ao mesmo tempo. Levou vários goles para minhas papilas gustativas me deixarem engoli-lo sem que minha língua recuasse.

Um formigamento gostoso amorteceu minha aflição. O vinho foi rápido ao acalmar meus nervos.

O homem terminou de servir o jantar, e o pai de Thanatos voltou o foco para mim de novo.

— Tal qual sei eu o teu nome, deves tu saber o meu também: Sr. Mott Sperren. — Ele pronunciou Mott igual à versão britânica de Matt e falou como se vivesse em outra era. — Tens tu fome? — perguntou, de um jeito mais normal.

Meus olhos vidraram ao notar a comida, mais do que já consumi de uma só vez, mais do que já *vi* ao mesmo tempo em uma casa normal. Nunca fui convidada para jantar no Trip. Sorri com educação, e minha resistência foi falhando.

— O cheiro está ótimo — respondi.

Dois tipos de pão estavam a trinta centímetros da minha direita, marrom-escuro e outro de um tom mais escuro que o branco, amontoados como pedrinhas dentro de tigelas de prata. Estendi a mão, mas a mãe bateu nela assim que meus dedos roçaram a casca quente de um. Quase saltei do meu assento.

— Desculpa? — murmurei.

— Thomas — disse ela. Era a primeira vez que a ouvia falar, e a mulher se dirigia ao criado que não se atrevia a olhá-la nos olhos. Antes que terminasse de proferir o nome dele, o rapaz se inclinou e passou um pouco de manteiga em um pãozinho e o colocou próximo à comida celestial no meu prato.

— Diz-me, Mia, gostas tu de cordas? — perguntou o Sr. Sperren, de um jeito estranho. *Tu? Quem usa "tu" desse jeito?*

Eu estava estupefata.

— Cordas? — O que cordas tinham a ver com o pão com manteiga que eu não tinha a permissão de tocar?

O pai deu uma risada ruidosa à minha custa.

— A música. Preferes tu os de sopro ou de cordas?

— Nunca parei para pensar nisso, senhor. — Fiz uma pausa. *Senhor.* Ser educada no momento parecia mais importante que nunca. — O que está tocando está bom — menti. O cômodo era uma tortura, a atmosfera fria e insensível implorava para que eu detestasse a música, não importava o que fosse. Meus joelhos quicaram abaixo da mesa.

Olhei para Thanatos. Ele se inclinou para perto e sussurrou no meu ouvido:

— Simplesmente faça o que eu faço.

Assenti, voltando, por ora, a confiar nele. Que escolha eu tinha? Nesse cômodo, ele era o normal quando comparado à família.

— Por que não nos explicar por que ela está aqui hoje? — sugeriu Thanatos, com mais modos que antes.

Os olhos do Sr. Sperren se desviaram para ele.

— Não gosto de já começar tratando de negócios — disse ele, cortante.

— Podemos pelo menos começar a comer? Não falta muito tempo para ela ir embora. — O que ele disse acalmou os meus nervos, me assegurando de que ele não havia esquecido nosso arranjo e que pretendia cumprir o que prometeu ao meu pai.

Era difícil não ter apetite. Assim como o vinho, o Sr. Sperren deu a primeira garfada antes de todo mundo começar a comer. Observei cada talher que Thanatos pegou e o imitei. Ele picou as batatas com o garfo e de vez em quando dava uma mordida.

Eu me perguntei o que minha mãe diria sobre o Sr. Sperren, qual diagnóstico daria a ele. Transtorno de personalidade? Tendências psicopatas? Narcisismo? Não era de se admirar Thanatos ser diferente de todo mundo que já conheci; sua criação deve ter sido bem diferente do normal.

Lutei com um pedacinho da batata. A tensão no cômodo era palpável.

Não pude deixar de encarar o homem que parecia familiar, não por causa dos meus pesadelos ou de uma memória distante, mas eu achava que tinha visto o Sr. Sperren antes. Thanatos tinha os olhos do pai, e o nariz delicado e as bochechas da mãe. A cabeça calva do homem brilhava como um holofote, refletindo a luz das velas na pele esticada da testa larga. Acima de sua sobrancelha esquerda havia uma ruga permanente, uma cicatriz.

Meus olhos se demoraram nele quando dei outra mordida na carne; algo que nunca comi antes. Ele não pareceu se importar, e me encarou também. Mais algumas mordidas silenciosas, com as *cordas* tocando ao fundo, e um minuto depois, percebi quem ele era.

— O senhor é dono da agência SJS Staffing — falei, depois de engolir.

O rosto dele estava estampado em todos os comerciais e agraciava os outdoors que vi no caminho da estação. Mesmo na cidadezinha de Gaige, ouvi falar da sua empresa. O Sr. Sperren era responsável por arranjar trabalho para centenas de indivíduos todos os anos. Se estivesse precisando de um trabalho ou do empregador certo, era ele que se devia procurar.

O nariz torto caiu sobre o lábio superior quando este se torceu em um sorriso.

— Então ouviste tu falar de mim?

— Mais sobre o seu negócio, não muito sobre o senhor. — A informação fez a insatisfação aparecer em seu rosto, que logo desapareceu quando ele espetou outro pedaço de carne. *Narcisista,* pensei, *com certeza narcisista e sabe mais Deus o quê.*

Embora meu prato estivesse quase vazio, o de Thanatos ainda estava meio cheio.

— O que é isso? — perguntei, ao apontar para o molho delicioso.

A mãe respondeu primeiro, sua voz era suave aos ouvidos, mais calma do que quando se dirigiu a Thomas.

— É cordeiro, querida. — Ela sorriu e tomou um gole de vinho.

— Cordeiro?

— Sim — respondeu ela.

Larguei o garfo, que tilintou ao cair no prato.

— De verdade? — perguntei, estupefata.

— Ora, sim. Não diga que nunca comeu antes. — A expressão dela parecia curiosa de verdade.

Balancei a cabeça e peguei o garfo.

— Não exatamente, mas é muito gostoso. — E *era*. Eu estar comendo cordeiro era só mais um fato a ser adicionado à longa lista de coisas loucas que a minha tarde acabou sendo. Fiquei um pouco nauseada ao pensar que estava comendo um cordeirinho fofo, e minhas papilas gustativas estremeceram ao pensar em dar outra mordida.

Assim que o Sr. Sperren virou o garfo para baixo, Thomas, em silêncio, retirou os nossos pratos sujos, depois os substituiu por menores, adornados com uma fatia de cheesecake bem grande com calda de cereja. Encarei a sobremesa com desânimo, pois estava muito cheia, mas as gêmeas comeram com voracidade. Dei umas poucas mordidas educadas, e esperei com as mãos no colo, meus dedos brincando abaixo do tampo da mesa.

Depois disso, Thomas saiu, e o Sr. Sperren começou a falar.

— Mia, és tu uma rapariga afeiçoada à franqueza. Correto? — *Rapariga afeiçoada?* Sem esperar uma resposta, ele prosseguiu: — Vou direto ao ponto.

quinze

A Sra. Sperren dobrou o guardanapo, colocou-o sobre a mesa e pediu licença da discussão antes de atravessar as portas e ir para a sala de estar. Quando elas se fecharam com graciosidade, a tensão na sala assumiu uma bruma sinistra. Devagar, me virei para encarar o Sr. Sperren.

Como se notasse a bola de medo crescendo dentro de mim, Thanatos colocou a mão no meu joelho trêmulo, para me dar coragem.

Não consegui pensar em nenhum negócio não resolvido que eu pudesse ter com o pai dele. Só o vi essa noite, e estava decidida a nunca mais voltar a vê-lo. Lá no fundo, a pergunta que perdurava era: se Thanatos estava envolvido no meu sequestro, estariam os pais dele envolvidos também? Se fosse o caso, fazia sentido eles saberem *algo* do que aconteceu comigo, e do que aconteceu com Julie. Por que *eu* voltei para casa, e ela, não?

Talvez Thanatos fosse uma vítima de sequestro, assim como eu, e que também foi devolvido, e os pais jamais se envolveram em nada. Meus medos escalaram e meus dedos ficaram ainda mais inquietos. Lembrei a mim mesma vezes sem fim de que Thanatos estava ao meu lado, e que isso nada mais era que um jeito estranho de sua família conhecer seus amigos. Afinal de contas, o garoto não parecia ter amigos, e essa devia ser a razão.

Meros segundos se passaram desde que a Sra. Sperren saiu. Eu estava viva, e logo estaria em casa, pensei. Ninguém seria sequestrado. *Ninguém seria sequestrado.*

— Sim, eu valorizo a franqueza — respondi, com calma. Até esse momento, uma das razões para eu estar dividida entre gostar ou não de Thanatos era o fato de que ele nunca era franco, sempre se esquivava das perguntas que eu fazia.

A música ao fundo parou, deixando a sala preenchida por olhares estranhos, trajes chiques e silêncio.

— Você sabe da SJS, e conhece os serviços que ofereço. — Ele assentiu como se eu tivesse respondido à pergunta. — Ao longo dos anos, formei muitas conexões. Como negócio paralelo, um muito lucrativo, também provejo aos clientes proteínas valiosas. Sou o que chamam de Fornecedor.

— Suas frases não eram mais intercaladas com trechos de inglês arcaico. Eu me concentrei em cada uma delas com atenção, tentando entender a razão para ele estar explicando sua clientela para mim, uma simples estudante de fora da cidade. Talvez ele fosse me oferecer um trabalho, embora eu não estivesse procurando por um. — Há algumas semanas, fiquei sabendo que um cliente fez um pedido com vários Fornecedores particulares, procurando um tipo específico de proteína. Sou especialista em encontrá-la, e fui um dos procurados.

— Certo — falei, assentindo o tempo todo, um pouco mais curiosa. Por baixo da mesa, Thanatos removeu a mão do meu joelho.

— As transações se referem a fornecer uma proteína com porcentagens específicas de idade e gordura — explicou o Sr. Sperren, me fazendo perder o fio da meada.

— Idade da carne? — supus, uma certa delicadeza entre os ricos. Ele assentiu e colocou os cotovelos sobre a mesa e cruzou os punhos.

— Mas, dessa vez, o pedido foi ainda mais específico, não apenas idade ou percentual de gordura, mas com um nome também.

— Um nome?

— Isso mesmo — disse ele. — O teu.

Eu não estava entendendo nada.

— Você, minha criança — reiterou ele.

Minhas costas ficaram rígidas no assento.

— Meu nome? Como assim? Não estou entendendo.

As pernas da cadeira do Sr. Sperren se arrastaram pelo chão. Ele colocou a palma das mãos sobre a mesa e se levantou.

— Tenho algo que a ajudará a entender. Thanatos?

Com a menção do seu nome, ele se levantou com relutância.

— Isso não é necessário — falou ele, com uma força que deteve o pai em seu caminho até a porta. — Ela não precisa ir lá em cima. — O suor brilhava no seu pescoço.

Concluí que o Sr. Sperren sempre conseguia o que queria, então agarrei o ombro de Thanatos e me levantei para falar por mim mesma.

— Não sei o que o senhor quer me mostrar, mas vamos esquecer tudo isso. Obrigada pelo jantar, estava tudo ótimo. Preciso ir para casa agora.

— Ou eu a levo ou a leva você. Qual prefere? — instruiu o Sr. Sperren ao filho.

Eu tinha me esquecido das gêmeas, e meu olhar se desviou para elas, que foram saltitando até a porta.

— Tudo bem. — As narinas de Thanatos dilataram, e ele olhou para mim. — Confia em mim? — O rosto do menino em quem eu *queria* confiar esperou a minha resposta. Um pedaço da minha alma confiava nele, espremida ao lado da dolorosa que não confiava.

Hesitei, repassando sua promessa de me levar para casa em segurança.

— Acho que sim — murmurei.

Nós quatro subimos a escada em espiral, a Sra. Sperren não estava em lugar nenhum, passamos pelo segundo andar e seguimos para o terceiro. Passei a mão livre pelo corrimão e agarrei o braço de Thanatos com a outra. Por que eu confiava nele? Tudo o que aconteceu hoje foi difícil de compreender. Cada vez que eu pensava que estava quase lá, uma reviravolta inesperada me pegava de surpresa... e não de um jeito bom.

As gêmeas passaram na frente do pai e chegaram primeiro ao quarto andar, então se recostaram na parede enquanto nos esperavam. Sombras engoliram as paredes, a única luz disponível vinha dos andares de baixo, pelas escadas; um farol me chamando de volta.

Meus olhos se ajustaram conforme eu encarava a escuridão. O quarto andar não parecia muito diferente dos outros; um corredor longo que curvava ao final com uma janela escura. Com as mãos de Thanatos nas minhas costas, segui adiante.

Assim que viramos no corredor, o Sr. Sperren parou de andar e se virou para uma porta pesada de ferro à sua esquerda. A porta parecia antiga e tinha duas maçanetas imensas bem no meio. Entre elas, a imagem de um dragão adornava a entrada; a cauda curva era a pesada aldrava.

O Sr. Sperren revelou duas chaves escondidas debaixo do colarinho. Ele deslizou uma a uma no lugar. Um ruído estalou do outro lado quando ele girou cada chave. O homem empurrou a porta imensa, revelando outro cômodo escuro e funesto, sem iluminação ambiente. Sem se virar, o Sr. Sperren avisou, incisivo:

— Sem gracinhas, Thanatos.

Então ele entrou no abismo de obsidiana.

— Thanatos? — sussurrei.

Ele não disse duas palavras desde que subimos as escadas, e agora sua única resposta foi um breve balançar de cabeça.

As gêmeas ficaram atrás de nós, paradas ali, sentindo o frio se infiltrar do cômodo escuro. Com um cutucão de Keres e Kir, Thanatos e eu entramos.

O ar gélido assolou meus ombros nus, o vestido leve parecia totalmente inapropriado para a mudança brusca de temperatura.

Deslizei a mão do braço de Thanatos e envolvi os meus ao redor dos ombros. O oxigênio gelado e polar arranhou meus pulmões quando inspirei.

A porta se fechou com um estalo.

A escuridão pressionou os meus olhos, e não consegui afastar a sensação de que estava sendo observada. Onde estava o Sr. Sperren? As gêmeas? Thanatos?

De repente, percebi que, quando soltei a mão de Thanatos, não soube mais onde ele estava.

Tentei, mas não consegui encontrar a minha voz.

— Thanatos? — sussurrei.

Virei a cabeça de supetão. Qualquer coisa poderia estar naquele breu. *Onde estava o meu protetor?*

Ouvi um retinido do ferro e um farfalhar e trepidar à distância. Meu corpo estremeceu e o cheiro súbito de morte me congelou no lugar. Pressionei a mão no meu rosto, cobrindo nariz e boca.

Certa vez, quando eu era pequena, fui de bicicleta até uma pequena plantação de feno; urubus circulavam lá em cima. Quando procurei pelo que estavam rodeando, o cheiro me atingiu primeiro, uma catinga inesquecível: morte. E aquele odor era inconfundível, exatamente o que eu sentia agora... misturado com desinfetante de pinho.

O tic-tac de um relógio ressoou às minhas costas.

O sabor de cobre tomou a minha língua.

Segui arrastando os sapatos pelo chão escorregadio.

— Tha... Thanatos?

Com o som de seu nome, luzes brancas iridescentes acenderam. Ergui a mão, protegendo os olhos da claridade ofuscante brilhando ao longo dos cantos da sala. Olhei para baixo. Thanatos estava a apenas um metro e meio à minha esquerda. Sua expressão preocupada gritava para que eu fosse embora. Olhei para a porta fechada atrás de mim. O ferrolho estava trancado, e havia uma chave lá dentro. Não havia escapatória.

Ele desviou o olhar para o meio da sala. Eu me virei para ficar de frente para o que ele encarava. Nada poderia ter me preparado para o que eu vi.

Um homem imundo, com os braços estendidos para o lado, estava atado a uma barra de aço enferrujada cruzada ao meio, cada uma delas não tinha mais que uns poucos centímetros de largura. Suas pernas estavam amarradas; os pés, descalços, e a testa, presa com firmeza à barra. Suas roupas esfarrapadas pendiam de seu corpo. A pele estava coberta por manchas pretas, como se ele tivesse passado semanas deitado na rua usando a mesma roupa.

Um grito escapou dos meus lábios, que logo foi cortado quando uma mão cobriu a minha boca.

Não consegui desviar o olhar, nem mesmo para Thanatos. Eu não estava pensando nele, meu foco assustado estava fixo na sala dos horrores preenchida com dezenas de gaiolas prendendo outras pessoas acorrentadas. Estavam empilhadas uma sobre a outra, três fileiras de largura por três de altura.

Na que estava mais perto de mim, não consegui ver o rosto da pessoa. Menina? Menino? O corpo caído era uma massa disforme; inconsciente, imóvel, desengonçada e magra, igual ao homem preso à barra. Felizmente, a maior parte das gaiolas estava vazia.

Um monte de refrigeradores estava alinhado na parede do fundo, iluminados pelas luzes do teto. Rótulos imensos estavam presos do lado de fora de cada um, todos carregavam uma sequência numérica semelhante marcada com blocos gigantes, os últimos três dígitos eram diferentes do que estava ao lado.

Ao longe, além de Thanatos, duas mesas longas estavam lado a lado. Canos saíam de lá de baixo como ralos sob uma pia. Três metros à esquerda, uma lixeira transbordava de sapatos e roupas encardidas.

Meu coração acelerou e minhas mãos tremeram. Virei-me para olhar de novo em direção à porta desprotegida. Exceto pela fechadura. Que estava trancada. Eu não tinha como escapar. Fugir não era opção.

Os ponteiros do relógio batiam às minhas costas, altos na parede de tijolos. Eram curvos e apontavam para números romanos. Eram quase nove horas. A moldura de madeira passava uma sensação antiga e estranha, como tudo naquela masmorra.

Engoli em seco e me virei de novo, me afastando da parede.

Thanatos manteve distância ao caminhar a centímetros de mim, me seguindo. O Sr. Sperren estava ao lado do homem amarrado, com uma faca brilhando em sua mão. O cheiro era horrível, e eu tossi, torcendo para que o jantar ficasse onde estava.

— Por que eu estou aqui? — gaguejei.

Sem dizer nada, o Sr. Sperren pegou o X de aço sobre rodas de onde o homem pendia e o empurrou para uma das mesas longas. Do teto vinha um cabo com um gancho de reboque preso na ponta. O Sr. Sperren o pegou e o prendeu nas costas do X.

— O que você está fazendo? — gritei.

Ele pressionou o botão na lateral da mesa mais próxima dele, e o X foi erguido. Com uma das mãos na barra de metal, o Sr. Sperren guiou o homem adiante, pairando com o rosto virado para o tampo da mesa.

Ele cortou a garganta do homem como se estivesse cortando pão. O corpo deu um solavanco. Sangue jorrou da ferida e caiu no cocho.

Meu peito se apertou; eu não conseguia respirar enquanto observava o homem morrer.

Os lábios dele se moveram, mas não saiu som algum conforme o sangue escorria para o ralo.

— É por isso que você está aqui — respondeu o Sr. Sperren, frio.

Um movimento rápido veio do meu lado, e antes que eu desse por mim, o Sr. Sperren ergueu a mão, pegou uma faca no meio do ar, a centímetros do seu rosto. Thanatos a havia atirado nele. O homem a colocou de lado, desconsiderando a tentativa fracassada de lhe tirar a vida, e continuou com o relato.

Meus olhos estavam arregalados de medo. O homem estava morto. Eu tremia descontroladamente, e não era de frio.

— Não se sinta mal. Ele era um ninguém, um sem-teto de um beco qualquer — explicou, limpando a gotinha de sangue na sua mão com uma toalha. — O que nos traz ao que eu queria dizer. Alguém comprou você, e não podemos permitir que o que acabou de acontecer se passe com você.

— D-do que o senhor está falando? — gaguejei. Parada ali, nessa casa dos horrores, aquelas palavras me surpreenderam. Me abalaram.

Ele não me queria morta?

Ele se virou e saiu andando, e as gêmeas tomaram o seu lugar como se para garantir que o dispositivo que segurava o homem morto não saísse rolando sem querer.

Os olhos de Thanatos estavam fixos no chão, nem observavam a cena nem observavam a mim. Então, de repente, eu entendi.

— Quer dizer então que alguém me quer morta? — Uma dor de cabeça pulsou entre minhas têmporas. — Mas eu sou uma ninguém.

— A ordem diz o contrário. E, como falei, não somos os únicos Fornecedores que oferecem o serviço. — As palavras do Sr. Sperren contradisseram as últimas. Então agora ele me quer morta?

Como peças de um quebra-cabeças se encaixando, finalmente entendi.

— Há outras pessoas que fazem isso? — Fiz uma pausa, percebendo que eles não queriam outro Fornecedor lucrando com a encomenda, eu, antes que o Sr. Sperren tivesse a chance. — Thanatos?

Seu olhar hesitante encontrou o meu.

— Sim — respondeu.

— Foi por isso que você se interessou por mim? — Se esse era o trabalho dele, então por que não o executou logo? Por que eu não estava morta? Seriam esses dias de proximidade um jeito cruel de me torturar antes de me assassinar?

Tranquilas, as irmãs desceram o X de aço e cortaram as braçadeiras que prendiam os braços e as pernas do defunto, jogando-os na lixeira; o corpo caiu nos braços delas quando o puxaram para o meio da mesa. As meninas nem vacilaram quando o sangue encharcou a frente de suas roupas.

O Sr. Sperren pegou uma toalha de algodão em uma prateleira e, ao se aproximar de mim, limpou mais sangue na lateral da mão.

Cambaleei para trás.

Ele se aproximou.

O que o homem pretendia? Me matar aqui? Me sangrar nessas mesas de metal brilhante?

Seu paletó roçou meu ombro nu ao passar.

— Vamos terminar isso lá fora, sim? — disse ele, por cima do ombro. — Preciso que você preste atenção.

Eu não conseguia me mover; estava morta de medo. Meus olhos se prenderam ao morto.

Thanatos tocou minha cintura, e eu pulei.

— Vamos, Mia.

— Por quê? — exigi saber, mas não havia resposta, razão nenhuma que desse sentido ao que acabei de testemunhar e ao que o pai acabou de explicar.

Eu me virei devagar, com os olhos fixos na porta aberta.

Thanatos me deu um empurrãozinho na direção da imensa porta de ferro, para o corredor em que o pai esperava.

dezesseis

Longe do horror da câmara da morte, encarei o Sr. Sperren no corredor iluminado. Quando seus olhos malignos prenderam os meus, parte de mim desejou que ele nunca tivesse acendido as luzes.

— Como eu disse, você tem duas escolhas.

Meus braços tremiam, eu não conseguia sentir meus pés. Articulei um "sim", mas não saiu som nenhum. Minha ansiedade tinha voltado, e por uma boa razão. Eu estava à beira de um ataque de pânico. Meu peito apertou e minha visão ficou borrada.

Ele prosseguiu:

— Uma das razões para eu ter te trazido aqui é porque você está mostrando fotos da Keres para o pessoal da escola. Atenção desse tipo é desnecessária e indesejada. — Ele inclinou a testa avantajada para mim. — Você não vai fazer isso de novo. Infelizmente, não posso te matar essa noite. — Ele fez uma pausa, com tom quase arrependido. A palavra "matar" fez o torpor se espalhar desde os meus pés até os joelhos vacilantes. — Seus pais sabem que o Thanatos está contigo, não vai ser bom nem para mim nem para a minha família. O que leva à opção número um: se você se entregar para mim, sem resistir, e sem chamar atenção para a minha família, vou dividir os ganhos com os seus pais. Anonimamente, é claro.

Ele disse "anonimamente" como se estivesse me fazendo um favor. Inclinou a cabeça para o lado, esperando uma resposta. Consegui engasgar uma:

— Quer que eu me renda ao senhor, para ser morta, por dinheiro?

O Sr. Sperren balançou a cabeça, irritado.

— Não para você. Para a sua família. É muitíssimo generoso; nenhum outro Fornecedor estaria disposto a fazer o mesmo. Posso garantir. — Meu estômago revirou com a arrogância dele.

Como eu poderia responder a uma coisa dessas? De alguma forma, encontrei a minha voz.

— Minha família não liga para dinheiro, e eu não quero morrer. O senhor disse que havia duas opções, qual é a outra?

Ele entrelaçou os dedos e girou o pescoço.

— Sim. Opção dois. Se você não escolher a um, seu irmão será devorado como acompanhamento.

— Vai *matar ele* também? — questionei, mortificada. Devorado.

Ele mentiu. Não havia uma segunda opção.

A bile correu para a minha garganta, não era possível detê-lo; me curvei e vomitei na ponta dos sapatos do Sr. Sperren. Minha cabeça pendeu até chegar perto dos joelhos, minha coluna havia virado gelatina. Não conseguia me endireitar. Eu arfava, e senti uma mão se apoiar nas minhas costas; Thanatos. Eu o afastei com um estremecimento, sem proferir uma única palavra; ele entendeu e removeu a mão.

— Vocês, seres imundos, são todos iguais — cuspiu o Sr. Sperren, ao tirar os sapatos e sacudindo o vômito para a lateral do corredor. — Da próxima vez, peça uma lixeira.

Tudo de repente ficou bem claro. Eu estava aqui hoje para que o Sr. Sperren me forçasse a me entregar, sem causar alarde, para que ele pudesse me matar sem chamar atenção para a própria família. Supus que boa parte dos seus *produtos* fossem pessoas deslocadas e destituídas de quem ninguém sentiria falta. Mas comigo era diferente.

Minhas costas permaneceram curvadas enquanto eu tentava me erguer para uma posição de trapo mole. Recostei-me à parede.

— Quem me quer morta? — A pessoa poderia mudar de ideia. Eu poderia fazê-la mudar de ideia. Só precisava saber quem era.

— Você não pode ter acesso a essa informação. Sinto muito.

Sente muito?

Mas que falso. Ele não sentia. Não estava nem aí. Não havia um grama de arrependimento em seu corpo. Um genuíno texano psicopata que não se importava com nada que não fosse dinheiro. Ou talvez nem se importasse, simplesmente gostava de matar e encontrou uma forma de lucrar com isso.

O pensamento enviou uma nova onda de tremores pelo meu corpo.

— E se eu não for sem fazer alarde? E se eu contar à minha família e aos meus amigos e a qualquer um que acredite no que o senhor pretende fazer comigo? Meu tio. — Tio Shawn era advogado em Houston. Se alguém podia me ajudar, era ele. As palavras se derramaram, e na mesma hora me arrependi delas.

O Sr. Sperren largou os sapatos e fechou o espaço que nos separava.

— Se você fizer isso, mato você e toda a sua família antes que alguém tenha qualquer chance de me deter.

Optar pela primeira alternativa não era tão difícil. Olhei de novo para o

Sr. Sperren e, quando fiz isso, seu corpo reluziu em uma forma de esqueleto. Pelo menos foi o que pareceu. No momento que meu cérebro processou o que pensei ter visto, a forma já tinha sumido, e o homem voltou a ser ele mesmo.

Um frio fúnebre percorreu o meu corpo, o sabor do vômito ainda perdurava na minha boca.

Não ouvi nenhum grito vindo do quarto-de-ferro-e-terror às minhas costas, e me imaginei em uma gaiola; inconsciente. Isso estava mesmo acontecendo? Eu queria voltar no tempo e nunca ter conhecido Thanatos, nunca ter pisado em um trem, nunca ter seguido o conselho da minha mãe para ser uma adolescente normal. Querer ser normal foi a razão para eu deixá-lo fazer parte da minha vida, para início de conversa.

— Tens tu uma semana para decidir — disse ele, como se eu tivesse esse luxo. Então se virou e saiu pelo corredor, desaparecendo ao virar no final dele. *Sete dias?*

Thanatos e eu estávamos sozinhos, e a aparência dele era a de que um monstro havia torcido a sua alma.

— Já são quase dez horas — disse ele.

— Casa? — Depois dessa noite, eu queria ficar encolhida, nunca mais voltar para casa, nem estar aqui, deixar de existir nesse pesadelo. Minha vida deu uma guinada por causa do meu sequestro e terminaria com o meu assassinato, e eu ainda não sabia nada do referido sequestro, a não ser que Thanatos estava envolvido de alguma forma.

Seria suicídio? Se eu me entregasse para essas pessoas sabendo que me matariam, não seria uma versão diferente de suicídio? Eu não era religiosa, mas mesmo assim sabia da superstição de ir para o inferno. Minhas têmporas latejaram de novo e, naquele momento, a raiva se avolumou dentro de mim e soquei a parede. Uma estupidez, pois machuquei a mão.

Eu a embalei junto ao peito e mantive a calma enquanto chafurdava no limbo.

— Suas roupas estão lá no quarto. — Thanatos estendeu a mão para me guiar e, um segundo depois, a abaixou, sabendo que eu não precisava da sua ajuda. *Ou era porque ele não queria que eu o tocasse?*

Ele se virou.

Saí tropeçando, em transe, segurando com força a mão junto ao peito. A silhueta dele flutuava de um lado para a outro a cada degrau da escada em caracol iluminada pelo brilho que vinha lá de baixo.

Quando chegamos ao quarto dele, minhas roupas estavam dobradinhas sobre a cama. Nem notei quando tirei o vestido e coloquei minhas roupas. Descemos pelo elevador, saí do arranha-céu sem nem notar e logo estava entrando no carro.

Thanatos interrompeu meus pensamentos.

— Você precisa saber o que aconteceu quando era mais nova.

O mundo parou de girar, as palavras me tiraram do mundo dos horrores. Ele se sentava, paciente, no outro canto do assento rígido.

— Quanto você se lembra do dia em que foi sequestrada? — perguntou ele.

Minha mente revirou as lembranças familiares. Minha voz saiu em um tom monótono.

— Eu e outra menina fomos levadas quando estávamos a um quarteirão de casa, não muito longe da estação de trem, e foi culpa minha. Naquele dia, pensei que seria legal ir a pé para casa, sabe, agindo como se fosse grande. Quando nossos pais notaram que estávamos desaparecidas, já era tarde demais. Eu também me lembro de um par de mãos imensas. E pouquíssima coisa. Ela nunca voltou, mas eu, sim. — Cada momento daquele dia nublado foi forjado na minha memória. Não importa o quanto eu tentasse esquecer, eles continuavam enfiados profundamente em uma gaveta, disponíveis e com acesso fácil. — Os pais dela ainda moram lá na rua. Eu os vejo de vez em quando, mas eles não passam muito tempo do lado de fora. Acho que ainda esperam o retorno dela.

Se houvesse restado mais lágrimas, eu as teria chorado agora, mas fiz tanto isso ao longo dos anos que o reservatório estava seco. Eu havia me encontrado com uma amiga da minha mãe, uma terapeuta, todos os dias por muito tempo enquanto tentava fazer as pazes com as minhas ações. Tudo o que restava agora eram os pesadelos… e um pouco de ansiedade.

Ele olhou para as mãos inquietas. Nunca o vi nervoso antes de hoje.

— Você mencionou que me reconheceu, sabe como?

Balancei a cabeça.

— Não. Presumi que você fosse o responsável pelo sequestro, mas sei que não é possível, já que você tem a minha idade. Criancinhas não sequestram outras.

Os olhos dele foram de um lado para o outro.

— Você está certa, em partes. — Ele fez uma pausa e se aproximou alguns centímetros de mim. — Sou responsável, mas não do jeito que você pensa.

Como seria possível?

— Você era só uma criança. — Havia algo que ele não estava contando. — Por que se lembra de mim? — insisti, sabendo agora que a família dele estava envolvida com um monte de assassinatos, mas, de alguma forma, eu consegui escapar. Como acabei metida nisso?

Ele se inquietou mais. Seu cabelo caía por cima dos olhos enquanto ele olhava pela janela, distante e desesperançoso.

— Eu sou a razão para você ter sido sequestrada e sou a razão para você ter sido devolvida... viva.

Não falei nada, esperando que ele explicasse. Os prédios altos e estreitos e as luzes brilhantes se infiltrando pela janela indicavam que estávamos nos aproximando da estação. Minha mão latejava, já estava inchando. Tentei cerrá-la, e pressionei os lábios para deter um ganido de dor. Não achava que tivesse quebrado, só devia ter machucado feio.

— Eu te ajudei a fugir naquela noite. Você não estava acordada porque tinham te sedado. Eu te enfiei em uma mala de rodinhas e te levei até o carro. É por isso que você não se lembra de nada.

Depois que as palavras escaparam de sua boca, a dor na minha mão foi praticamente esquecida. O pensamento de ser enfiada em uma mala era perturbador. E uma coisa era certa: ele não havia sido sequestrado quando pequeno. Era um cúmplice.

— Quantos anos você tem? — Como era possível um garotinho sair escondido com outra criança e percorrer quilômetros, desde Houston até Gaige?

Como se pudesse ler meus pensamentos, ele respondeu:

— Tenho dezessete, não sou muito mais velho que você, e na época meu motorista obedecia às minhas ordens.

Uma pergunta que me assombrava há muito tempo escapou:

— O que aconteceu com a Julie? A outra menina.

Thanatos olhou para longe, o que confirmou minhas suspeitas de anos. Ela jamais voltaria; estava morta.

O carro encostou no meio-fio, e Jack deu a volta para abrir a minha porta, o que eu fiz antes que ele chegasse.

A estação cheirava tão mal quanto quando chegamos. Não havia indícios de que o fluxo havia diminuído. Multidões entravam e saíam pelas portas de vidro. Pessoas com vida própria. Que não estavam sentenciadas à morte. Pessoas que viveriam até o ano que vem. Que se formariam. Iriam para a faculdade. Que teriam uma vida mais longa que a minha.

A estação pareceu menos assustadora que antes, como um quarto escuro que ficava menos macabro com o passar dos anos. Thanatos não caminhou na frente nem atrás; permaneceu ao meu lado, mas seus olhos vagavam. O trem se aproximou e parou. Entramos e nos arrastamos até os fundos do último vagão.

dezessete

Depois das primeiras paradas, o vagão ficou menos lotado, e umas poucas pessoas continuavam lá antes de mais gente entrar.

Mais quatro paradas até Gaige.

Thanatos se sentou o mais próximo de mim que o assento permitia, com nosso braço encostado no do outro. A sensação dele me deixava nauseada, mas dessa vez o vômito estava sob controle. Minha mão inchada havia ficado com tons vermelhos e azulados. Eu a movi devagar, sem sentir dor demais, mas se forçasse o mínimo que fosse, seria agonia.

— Por que eu? — perguntei. — Por que você salvou a mim e não a Julie?

Ele pensou bastante antes de responder.

— No momento que vi que te trouxeram, por várias razões, você significou algo para mim. Na época, eu não sabia a razão, mas, agora, sei… senti um repuxo na sua direção, e tive que te tirar de lá. — Ele falou como se estivesse assistindo a tudo se desenrolar diante dos seus olhos.

— Mas você não me conhecia?

Ele segurou a beirada do assento.

— Talvez isso te deixe surpresa, mas eu não aprovo o estilo de vida da minha família. Nunca aprovei, acho que sou mais parecido com a minha mãe sob esse aspecto. — O que não me surpreendeu nem um pouco; seu desgosto por eles era mais óbvio do que o garoto pensava.

— Então sua mãe sabe… o que eles fazem e não faz nada para impedir?

— Minha mãe. — Ele fez uma pausa. — Foi arrastada para tudo isso sem saber quem meu pai realmente era, o que ele é. A família dela não aprovou o casamento e cortaram laços com ela. Sem ter para onde ir, depois que teve filhos, não quis ir embora. Sei que parece que ficou acostumada ao estilo de vida elegante, mas ela não é igual a eles.

A porta no fim do vagão se abriu. Um homem com cabelo preto e colar de tachinhas entrou de lado, roçando a barriga na lateral da porta.

— Minha mãe não poderia ter criado minhas irmãs sozinha, elas são *diferentes*. — Diferentes era dizer pouco. Eram maníacas homicidas igual ao pai.

O cara das tachinhas percorreu o corredor, observando os assentos vazios até chegar ao nosso. Suas mãos permaneceram estranhamente imóveis na lateral do corpo. No segundo que ele entrou no alcance, sua mão direita foi na direção de Thanatos. A lâmina que portava quase talhou o pescoço do garoto; ele inclinou a cabeça para trás bem a tempo. A faca quase resvalou na minha bochecha quando o arco se estendeu ao passar pelo meu rosto. Escorreguei do assento e caí no chão, logo abaixo da janela, me encolhendo por causa da dor de usar a mão para aparar a queda.

No tempo que levou para eu recuperar a compostura, Thanatos já tinha avançado feito um touro, cravado o ombro na barriga do tachinhas e desequilibrando o cara. Na luta, o aperto que ele tinha na faca afrouxou, e ela caiu no chão, deslizando feito unhas pelo assoalho acidentado, e parou sob o assento bem diante de mim.

Estendi a mão para ela e a segurei, para me defender. Em uma reação que não esperava, eu a atirei na direção do Tachinhas, como fazia com as adagas em casa. Mas o peso da faca era diferente, e ela voou sobre seu ombro, errando o alvo por completo.

Os passageiros do vagão fugiram como uma boiada desorganizada, deixando nós três sozinhos, ninguém veio ao nosso auxílio. Mas bastou uma olhada para Thanatos para saber que ele não parecia precisar de ajuda. O garoto se esquivou de um soco e deu um golpe bem dado no queixo do adversário, que saiu tropeçando e balançou a cabeça como se estivesse vendo estrelas invisíveis. Em seguida, Thanatos terminou o serviço ao lhe dar um chute na boca do estômago, o que o fez cair de costas no chão. Tachinhas não levantaria tão cedo.

A briga toda levou menos de trinta segundos. Com firmeza vacilante, agarrei o assento com a mão boa. Thanatos pairou sobre o atacante, com um pé de cada lado dele, esperando para ter certeza de que ele estava apagado. O peito subia e descia, mas os olhos não abriam; um fio de sangue escorria de seu nariz para as bochechas.

Aproximei-me cambaleando e pus a mão no ombro de Thanatos; ele a tirou de lá, fechando os dedos ao redor do meu pescoço. Eu não conseguia respirar. Desesperada, cravei as unhas nas suas mãos. Minha vista ficou preta por causa da infelicidade que se infiltrou pela minha pele. Eu não conseguia respirar, mas queria implorar para que a dor passasse.

Deixe-me morrer, por favor...

De joelhos, consegui arquejar o nome dele.

Na mesma hora, ele me soltou.

— Mia — gritou Thanatos, ao recuperar os sentidos. — Sinto muito!

Assim que ele me soltou, caí de lado, e meu ombro atingiu o assento duro de metal.

Pisquei e, devagar, o rosto dele se transformou em algo parecido com uma obra de Picasso enquanto o sangue voltava a correr para a minha cabeça. Cuidadosa, toquei meu pescoço latejante.

— Que... merda... você é? — falei, engasgada.

— Sinto muito. Eu pensei... eu não estava pensando. — Ele me pegou pela cintura e me colocou no banco. — Ele estava trabalhando para outro Fornecedor. De agora em diante, você não deve ficar sozinha, ou alguém vai acabar te capturando.

Thanatos se virou.

Assim que consegui me sentar erguida sem bambear, eu o observei esfregar a dor do meu pescoço. Ele pegou a camisa do Tachinhas e passou a mão pelas roupas do homem enquanto o revistava. Quando chegou ao bolso esquerdo, parou, deslizou os dedos lá e tirou uma seringa. Ao se virar e segurá-la entre os dedos, vi o líquido verde-claro balançar lá dentro. Em seguida, ele se ajoelhou, removeu a tampinha e injetou tudo no pescoço do cara.

— Isso deve deixá-lo fora de combate por um tempo — murmurou, de costas para mim.

As pessoas não carregavam seringas por aí só por diversão.

— Era para mim? — perguntei, atordoada, minha mente girou ao redor do fato de que alguém me queria muito... morta. Larguei a cabeça entre os joelhos, tentando não hiperventilar.

A coxa de Thanatos roçou a minha quando ele se sentou, encarando a porta. Eu me perguntei se Tachinhas tinha comparsas que viriam ao seu resgate. Ele cutucou meu braço e olhou para baixo. Entre seus dedos estava um chiclete.

Fiz careta por causa do gosto de vômito na minha boca.

— Você não poderia ter me dado isso mais cedo?

O trem se aproximou de Gaige. Eu mal podia esperar para chegar em casa. Por mais horríveis que suas revelações tivesse sido, o pai de Thanatos não mentiu; havia pessoas tentando me matar, contratadas por alguém que eu conhecia. Eu só não tinha ideia de quem poderia ser.

Thanatos me acompanhou na saída do trem. Cada rosto sujo me fazia imaginar: qual deles seria o próximo a morrer pelas mãos do Sr. Sperren? Ou será que algum deles estava esperando por mim, para me levar, querendo me matar?

Fiquei o mais perto possível de Thanatos, ombro a ombro, sabendo que ele poderia lutar com qualquer um e seria bem melhor do que eu. O arremesso de faca foi vergonhoso. Talvez fosse melhor eu manter as adagas o tempo todo comigo.

A imagem esquelética do Sr. Sperren pipocou na minha cabeça; eu estava tão descontrolada naquela hora que havia alucinado. Há muito tempo, a terapeuta me disse que era parte do processo de cura: o cérebro tentar pôr sentido onde não havia. Mas fazia anos que eu não via coisas que não existiam.

— Thanatos, eu vi *algo* essa noite.

Ele olhou para as minhas mãos trêmulas enquanto percorríamos o corredor da estação que levava à rua.

— O quê? — perguntou.

Parei.

À minha direita, havia um recuo escuro; no canto a alguns passos dali estavam duas formas escurecidas amontoadas. Thanatos disse para darem o fora. Sem discutir, saíram de lá com sacolas plásticas na mão.

— Foi necessário? — perguntei, um pouco balançada pela ordem.

Thanatos tinha algo diferente, e assim como eu, as pessoas faziam o que ele mandava, sem nem hesitar. Ele passou o braço pela minha cintura. O espaço lotado era delineado por blocos de concreto. Meu coração batia descontroladamente, medo preencheu minhas veias palpitantes.

Ele ergueu a mão. Inspirei devagar e prendi o fôlego. O que ele estava prestes a fazer? Seus dedos serpentearam por algumas mechas bagunçadas do meu cabelo que haviam caído sobre meu ombro esquerdo. O empuxo forte e tácito que vinha dele era palpável, sua boca estava a centímetros da minha. Senti seu hálito mentolado nas minhas bochechas. Minha angústia desapareceu, sendo substituída pelo desejo de saber como seria a sensação da sua pele afundando nos meus ossos.

Qual seria a sensação das mãos dele?

Qual seria o sabor dos lábios dele?

Precisei me esforçar muito para não passar os braços ao redor do seu pescoço e puxá-lo para mais perto. O que havia de errado comigo? Ele havia acabar de me entregar de bandeja para o pai. E eu queria beijar o cara?

— Mia — sussurrou.

Em um tom meio atordoado, respondi:

— Sim?

— Quero encontrar a pessoa que te quer morta e matá-la primeiro.

A calidez esvaneceu na mesma hora, como uma maré impetuosa arrasando o mar.

— Você quer o quê? — De todos os momentos, ele queria ser sincero agora? — Eu não saberia nem por onde começar. E seu pai só me deu uma semana para "me entregar". — Quase vomitei.

Ele apoiou as mãos na parede, de cada lado da minha cabeça.

— Exatamente o tempo de que preciso. Mas vou precisar da sua ajuda.

Empurrei o seu peito.

— Você já matou alguém antes? — Eu quis saber, *precisava* saber.

Para meu alívio, ele balançou a cabeça.

Suguei meu lábio inferior.

— Do que você precisa? — Agora não era hora de fazer rodeios ao redor do assunto de matar alguém, era de ir direto ao ponto. Só que eu não queria matar a pessoa, só queria conversar com ela, fazê-la mudar de ideia.

Ele abaixou os braços.

— Ok. Ouvi a reunião do homem com o meu pai. Não consegui ver o rosto dele, nem quando ele saiu da nossa casa. Quando ouvi seu nome através da porta, eu me voluntariei para a missão. A única coisa que vi foi um naga em um par de sapatos engraxados; vi o símbolo por baixo da fresta da porta.

Balancei a cabeça.

— Um naga?

Ele assentiu.

— Algo parecido com uma serpente com rosto humano, faz parte da mitologia indiana.

Isso só podia ser uma cena doida de um filme de terror que logo acabaria. Mas só que não era.

— Por que não pergunta ao seu pai? Talvez ele lhe diga quem foi. — O Sr. Sperren disse que eu não poderia saber, mas não disse nada sobre Thanatos.

O queixo dele caiu.

— Mia, você não acha que se fosse assim tão simples eu não saberia? Nem ele nem minhas irmãs confiam em mim. Eles não vão me dizer nada. — Thanatos fez uma pausa. — Mas é alguém que você conhece; ninguém faz outra pessoa de alvo sem conhecê-la.

A única pessoa em quem eu consegui pensar que não gostava muito de mim no momento era Trip. Mas não achava que a mãe dele me odiasse ao ponto de gastar dinheiro e influência para tentar me matar.

Ele passou as mãos enluvadas pelo meu cabelo e balançou a cabeça de levinho.

— Não é o Trip. Já falei com ele.

Cruzei os braços, me perguntando o que ele quis dizer com *falar*.

— Então não faço ideia — murmurei.

Thanatos se virou e ergueu a voz.

— Tem que haver alguém que você não está considerando. Um amigo, um familiar, uma pessoa que não seja da escola? — Ele caminhava em círculos lá no pequeno espaço escuro.

— Preciso de tempo. Minha mente está caótica por causa de tudo. — Fiz uma pausa. — Preciso dormir. — As últimas três horas me estressaram demais, e eu achava impossível que eu fosse conseguir dormir, mas precisava tentar. Esquecer um pouco essa noite me ajudaria a pensar com mais clareza.

— Tudo bem — concordou ele, e estendeu o braço para mim. Enlacei-o e descansei o cotovelo na manga de sua camisa. Os sem-teto voltaram para o canto deles assim que saímos de lá.

A caminhada sinistra para casa me deixou agitada. Vozes pareciam escoar das calçadas. Meus olhos iam de lá para cá. Quando viramos na minha rua; um falcão saltou de um galho baixo, e eu me abaixei por instinto; Thanatos achou graça. Eu não vi graça nenhuma. Era difícil evitar que imagens da morte iminente não atrapalhassem uma conversa normal. Então fiquei quieta e encarei o pavimento irregular a cada passo que dava.

Uma luz brilhante de alívio destacou a varanda da minha casa.

Levei a mão ao ombro.

— Deixei minha mochila na sua casa. — Em meio àquele caos, esqueci coisas com as quais me importava há apenas quatro horas. Meus bens mais valiosos pareciam insignificantes agora que a minha vida e a do meu irmão estavam em jogo.

— Não esquenta. Vou pedir Jack para trazer tudo de manhã.

— Por que Jack? Você não vai para casa?

Ele cruzou os braços.

— Alguém tem que ficar de olho em você.

— Como assim? — Fiz sinal para o lado e encarei o seu carro. — Você vai passar a noite aqui fora?

— Você está em casa, mas a escuridão da noite não é segura. Perigos se escondem nas sombras.

Então voltamos a ser misteriosos. Já não tínhamos superado isso?

Ele tinha que estar errado. Né? Assim, essa é a minha casa, a porta estaria fechada e meus pais por perto.

Thanatos ficou nos degraus quando fechei a porta. Olhei para a sala mal iluminada. O braço do meu pai estava sobre os ombros da minha mãe, a cabeça deles apoiada uma na outra formando algo parecido com as curvas de um coração enquanto assistiam ao novo episódio de *Bundle*. Fechei a porta sem fazer barulho, tentando não chamar a atenção deles.

Eu me perguntei se ela tinha me esperado lá na porta, ou se havia se demorado nas escadas, esperando a minha chegada. Agir indiferente a essa história de eu estudar com Thanatos não era do feitio dela.

Pus o pé no primeiro degrau, mas parei ali mesmo.

— Tudo certo com o trabalho?

dezoito

Contar a verdade só os colocaria em perigo.

— Tudo certo — respondi, ao tirar os chinelos.

Ela virou a cabeça para ver melhor. Apaguei as luzes do foyer para disfarçar, assim eu não precisaria fingir animação.

— Voltamos para as respostas curtas? — inquiriu ela. Seu tom de mãe nunca soou legal, uma parte da minha vida que nunca tinha sido alterada. Ela começou a se levantar, e tive a sensação de que queria saber mais.

Sorri e deixei os ombros caírem, aliviando, por um momento, a tensão do pescoço.

— É claro que não, é só que a noite foi longa. Estou cansada.

— Tudo bem. — Ela fez uma pausa. — Amo você. — A televisão desligou, e meu pai se levantou do velho sofá. Subi correndo as escadas antes que eles confundissem minha presença com a oportunidade de fazer mais perguntas.

Minha cama estava uma bagunça quando saí, as cobertas tinham sido chutadas para o chão e meu travesseiro estava amassado por causa da noite insone. Mas agora estava muito bem-feita. Os cantos perfeitamente esticados e um cobertor puxado em um retângulo perfeito revelavam lençóis frescos lá embaixo. Então, minha mãe esteve esperando, no meu quarto, o que era muito mais do feitio dela.

Ela não gostava de limpar, e só fazia isso à noite, nos dias de semana, caso a apreensão impedisse sua mente de se acalmar. Minha mãe sentia que os pesadelos haviam voltado? Eu me senti mal por não dar mais detalhes, mas não queria mentir, e dizer a verdade estava fora de cogitação. Para não mencionar que se contasse que conheci os pais de Thanatos, deixando de fora os detalhes sórdidos, é claro, ela faria questão de convidá-lo para o próximo jantar, pensando que ele e eu éramos mais do que amigos

Amigos.

Podíamos nos rotular assim?

Ele estava tentando ajudar a salvar a minha vida, mas também era parte da razão para ela estar em perigo. O que ele ganharia com isso?

Kurt diria que a única coisa que um cara deseja é transar, mas eu tinha a sensação de que não era o caso.

Espiei a frente da casa pela janela. O carro dele não estava mais lá, um precursor do meu futuro. Meu quarto estaria vazio de vida em breve, se eu não descobrisse quem foi o responsável por encomendar a minha morte.

Uma parte de mim desejava ver o carro e me perguntei quando ele voltaria. Eu poderia enviar mensagem e tentar descobrir, se pelo menos estivesse com o meu telefone.

Dormir? Eu não conseguiria de jeito nenhum. Abri o meu notebook e comecei a procurar pelo meu assassino; o primeiro passo foi descobrir o que era um *naga*.

Depois de jantar com a minha família, minhas emoções estavam dormentes; e eu, no piloto automático. Dois dias tinham se passado, e eu não estava mais perto de descobrir quem tinha dado a ordem.

A garrafa emocional vazia dentro de mim estava cheia do medo do desconhecido. Eu daria qualquer coisa para ter a minha vida entediante de volta, mas percebi que não havia nada que eu pudesse fazer para mudar o resultado.

Semana que vem, a essa hora, eu já estaria morta.

Thanatos insistiu que passaria cada minuto rastreando pistas, o que significava que ele só ia à escola quando algo o levava até lá.

Agora era sábado de manhã, e eu queria dar uma volta. Ar fresco curava tudo, de acordo com a minha mãe. Eu não fazia a linha corredora, mas o hábito deixava as pessoas em forma, tonificava músculos e arejava a mente. E se havia alguém que precisava melhorar a forma, ainda mais a de alguém que estava correndo pela própria vida, meu nome foi catapultado para o alto daquela lista.

Eu me espreguicei enquanto o sol brilhava pelas cortinas e um passarinho cantava lá na janela. O dia estava lindo, mas um pouco de medo se pendurava sob a minha pele. Minha mão latejava, ainda ferida do soco na parede, mas a mobilidade tinha melhorado.

Peguei o spray de pimenta e encarei as adagas, me perguntando se deveria pensar em um jeito de enfiá-las no short. Mas as adagas se espalhando pelo chão a cada poucos metros deixariam a corrida perigosa.

— Corrida matutina — falei, em voz alta, louca para gostar de como soou. Tentei me convencer de que era boa ideia. Eu precisava clarear a cabeça. Pensar se esperava encontrar meu assassino antes de os Fornecedores me encontrarem.

Sem querer que meu celular se espatifasse no chão enquanto eu corria, peguei um pedaço de tecido neon na gaveta e o envolvi ao redor do bíceps. Enviei mensagem para Kurt, depois enfiei o telefone no bolso improvisado.

O carro de Thanatos não passou a noite lá na frente; ele devia ter estacionado em algum lugar que não levantasse suspeitas. Quando acordei no meio da noite, eu o vi debaixo das sombras de um enorme carvalho no nosso quintal.

Mas já era dia. Um arrepio de alívio varreu os meus ombros. Estar sozinha em plena luz do dia não podia ser tão perigoso assim.

Desci as escadas na ponta dos pés, ansiosa para ir lá para fora, saborear cada respiração que tinha cheiro de lar. Não queria dar nada como certo no momento, absorveria cada detalhe minúsculo da casa que meus pais tanto amavam, incluindo o quadro da primavera passada com moldura de mogno que minha mãe enfim pendurou na parede aos pés da escada. Na tarde da foto, o sol brilhava através dos galhos ao fundo. Minha família estava sentada em um campo verdejante nos arredores da cidade. Nós quatro tínhamos nos apertado, debruçando uns sobre os outros, praticamente caindo no colo de quem estava ao lado. Ben reclamou que estava sendo amassado e não consegui conter a risada. Minha mãe passou semanas coordenando nossos modelitos.

Afastei a lembrança com os dedos.

Quando abri a porta de casa, um pacote de papel pardo estava lá nos degraus.

Eu me abaixei um pouco. Estava faltando um nome.

Segurei-o e sacudi, então parei, pensando que não deveria sacudir uma caixa desconhecida. Fechei a porta sem fazer barulho, como se não quisesse acordar ninguém, e levei o pacote até o meio do gramado.

Meu vizinho, o Sr. Miller, saiu para pegar o jornal e me olhou. Dei de ombros para ele. Então? Eu era uma esquisita abrindo uma caixa no meio do quintal quando não eram nem seis e meia da manhã.

Enrijeci, me perguntando se ali dentro havia uma parte de corpo, algum membro decepado. O jeito psicótico de o Sr. Sperren me deixar saber que o tempo estava passando. Prendi o fôlego ao rasgar a parte de cima, me preparando para uma possível explosão. Expirei, depois inspirei uma lufada de ar fresco e joguei o pedaço com durex na grama pinicante antes de tirar a tampa.

Quando fiz isso, nada explodiu... nem fez meu nariz coçar.

Uma bola de medo se abrigou na minha garganta. Aos poucos, fui aproximando o olhar da beirada da caixa aberta. Nenhum sangue escorria do isopor, o que era um bônus.

Enfiei a mão lá dentro e, com cuidado, ergui a proteção. Lá embaixo, envolta em plástico bolha, estava uma nova versão da minha câmera recém-destruída. Relaxei os ombros.

No momento que a vi, meu coração se elevou, mas fiquei um pouco confusa. *Thanatos*, pensei. Agradeci por ele não estar lá debaixo da árvore. Minha nova câmera, uma oferta para minha última semana de vida. Tentei não pensar no assunto; me concentrei no pequeno vislumbre de felicidade e sorri.

Corri lá para dentro e coloquei a caixa sobre a cama. Brincaria com a câmera mais tarde. Era hora de correr, de clarear a cabeça.

Meu coração se encheu de gratidão. Não importava o quanto as coisas estivessem ruins, eu amaria o hoje e o amanhã, mesmo que fossem os meus últimos. Era hora de levar a frase *viva cada dia como se fosse o último* a outro patamar.

Segurando firme o spray de pimenta, comecei a correr.

Meu rabo de cavalo balançava para lá e para cá como se desse adeus enquanto eu avançava. Ao fim da rua seguinte, diminuí o ritmo para acalmar o fôlego, e então fui mais rápido no momento em que a queimação se extinguiu em meus pulmões.

De início, o ar da manhã parecia frio contra a minha pele, mas qualquer indício de frio murchou quando gotas de suor balançaram na ponta do meu nariz e escorreram pelo meu queixo. O sabor salgado persistiu na minha língua, e minha mente pareceu se libertar de toda a pressão; uma euforia melhor do que aquela da noite na piscina, e muito menos fatal.

Virei na rua seguinte sem diminuir o ritmo. Senti a necessidade de me fazer ir mais longe, mostrar do que eu era feita para qualquer um que estivesse olhando. O pensamento engraçado de precisar correr mais rápido para agradar os bisbilhoteiros me fez sorrir. A camisa suada se agarrava a mim enquanto eu seguia adiante.

Vi uma residência cinza com venezianas azul-marinhas, duas casas depois, um marco no meio da rua. Fui mais rápido, obrigando, com o resto da minha força em derrocada, os meus pés a se moverem. No momento que cheguei à casa, reduzi o ritmo tão rápido que quase tropecei.

Com as mãos nos quadris, arfei e ergui a cabeça bem a tempo de ver o carro de Kurt cruzar a rua, ultrapassar um sinal, parar cantando pneus e se virar.

Atravessei a rua correndo, indo na direção do veículo surrado. Sob nenhuma circunstância, além de trabalhar uma manhã ou outra de sábado no cinema, eu o encontraria acordado quando o sol brilhava a um quarto no céu. E com exceção de quando mandei mensagem dizendo que precisava muito dele, o que era verdade.

— Quase nos desencontramos — arfei, ao abrir a porta do passageiro. Pulei lá dentro e Kurt saiu na direção oposta.

— Preciso fazer uma parada rápida — disse ele.

— Onde?

Ele apontou para o banco de trás.

— Vincent deixou os sapatos aqui depois da festa. — Revirou os olhos. — Quem tira os sapatos quando está de carona?

Dez minutos depois, ele estaciona em uma entrada esburacada. Só estive nessa rua umas poucas vezes.

Kurt buzinou e ergueu as mãos.

Ninguém saiu.

Buzinou de novo. Eu estava ficando agitada.

Por fim, Vincent saiu correndo de casa.

Kurt abaixou a janela e entregou os tênis fedidos ao dono.

— Valeu, cara! — disse ele, dando uma piscadinha para mim.

— A gente pode ir agora? — perguntei, não gostando nada daquele desvio. Tinha um lugar importante em que eu precisava estar.

dezenove

Depois de dois quarteirões do carro balançando com a batida da música, desliguei o rádio, para desgosto de Kurt. Eu não precisava de mais distração; precisava me concentrar para juntar coragem o bastante para o que eu estava prestes a fazer.

Vinte minutos depois, chegamos ao portão e batemos o para-choque dianteiro nas hastes de ferro. O vidro abaixou. Impaciente, tamborilei o painel empoeirado. No momento em que espaço suficiente foi aberto, Kurt estendeu a mão e pressionou o botãozinho branco.

A estática soou nos alto-falantes, e nosso rosto apareceu refletido em preto e branco na tela. O som desligou, e o portão abriu devagar.

Entramos e estacionamos no quintal revirado que tinha visto festas demais.

A casa de Trip estava igual naquela noite, mas muito menos intimidante. O portão enorme estalou ao fechar, e meu coração palpitou com um pouco de medo. Mas eu não me sentia ameaçada pela grandiosidade dos campanários. Havia coisas piores a temer.

Kurt agarrou a minha mão.

— Quer que eu vá junto? — Olhei para baixo. Um anel diferente adornava o dedo dele: titânio martelado com uma linhazinha de nagas brilhantes embelezando o meio. Nagas? Aquele anel era novo? Onde ele arranjou aquilo?

— Kurt. — Balancei a cabeça, me forçando a afastar o olhar de sua mão. — Preciso fazer isso sozinha — falei, e saí do carro.

Sem querer parecer assustada, forcei minhas pernas a avançarem, a se moverem de forma despreocupada. Por dentro, eu estava morrendo. O cofre do medo na minha mente se abriu com tudo, e eu bati a porta, trancando todos os pensamentos aterrorizantes que me fariam pular de volta no carro. Grama molhada espirrou água quando a ponta dos meus sapatos roçou nelas, minhas meias estavam encharcadas ao chegar à porta. Antes de os meus sapatos úmidos pisarem no capacho, a fechadura vibrou, como se alguém lá dentro a estivesse destrancando.

Ela se abriu devagar.

Lá estava ele, fora de alcance, em toda a sua glória bizarra: Trip. O cheiro de lírio tigre vinha lá de dentro, e quase me fez vomitar.

Tossi e achei melhor não entrar.

— Como eu disse na mensagem, se você tentar alguma coisa, todo mundo vai saber o que você fez e o tipo de pessoa que os seus pais são. Deixei um e-mail programado para ser disparado daqui a uma hora se eu não chegar a tempo ao meu computador. — Quanto mais eu pensava na outra noite, mais percebia que era provável que os pais de Trip tivessem uma segunda fonte de renda entrando, igual ao Sr. Sperren; butiques podiam dar um bom lucro, mas nada ao ponto dessa casa enorme. Quando estávamos juntos, ele deixou bem claro que o dinheiro da família não tinha sido herdado. Se não foi herdado, de onde vinha a renda deles? Como conseguiam arcar com um estilo de vida tão luxuoso?

Adicione o fato de que quase morri na piscina dele que parou de funcionar do nada, sabendo que outros Fornecedores estavam tentando ganhar dinheiro com a minha encomenda, tudo isso me fez pensar.

Embora eu pudesse estar ultrapassando os limites, a suspeita não saía da minha cabeça. Seriam os pais dele algum tipo de Fornecedor? Se eu estivesse certa, isso ainda não explicava por que Trip ia querer me matar; o trabalho do Fornecedor era colher a carne e depois entregá-la ao cliente. Trip não poderia fazer isso se eu tivesse morrido na piscina, mas talvez ele estivesse mais bravo comigo do que eu tinha pensado. Uma coisa era certa: não éramos mais amigos.

— Dane-se — resmungou Trip.

Eu não tinha percorrido todo esse caminho para dizer o que eu pensava dele, pelo menos era o que eu achava até cinco minutos atrás. Mas agora, de pé na sua varanda com aquela cara presunçosa e irritada dele, mudei de ideia.

— Você pelo menos se sentiu mal? Trip, você tentou me matar! E por quê? Porque eu terminei com você? Não, espera. Você terminou comigo! Jamais pensei que você me odiasse a ponto de me querer morta.

Ele não respondeu, mas seus olhos malignos olharam além de mim. E ele... não... negou... *nada*.

— Quando você se tornou esse horror? Ou você sempre foi assim e só estava escondendo do resto do mundo? — cuspi, e balancei a cabeça para o seu silêncio.

— Tudo bem, não fala nada.

— Por que você está aqui? — perguntou ele, sem alterar o tom de voz.

Inspirei e expirei para acalmar os nervos. Eu precisava soar sã, mesmo se o que eu tinha a dizer fosse loucura pura. Ele tinha que levar a sério.

— Quero saber quem contratou os seus pais.

Ele balançou a cabeça.

— Eu não sei.

Então eles eram Fornecedores; eu estava certa.

— Sério? — rebati, pondo em dúvida a sinceridade dele.

— Não, sério, eu não faço ideia. Como eu já disse para o outro cara...

Eu o interrompi.

— Que outro cara?

Ele apontou para o vazio às minhas costas.

— O otário de luvas. — Eu tinha esquecido de que Thanatos havia dito que falara com ele. Mas não importava; eu precisava fazer isso também.

A expressão presunçosa de Trip dizia que ele não fazia ideia da sorte que teve em seu encontro com Thanatos. Se fosse o caso, ele não estaria aqui se dando tanta importância.

— Bem, você não disse para mim. — Os lábios de Trip franziram e ele cruzou os braços; o cara precisava ser incentivado. — Eu só preciso clicar em enviar.

Um erro, talvez eu tenha revelado minha ameaça vazia. Eu havia dito que o e-mail seria enviado automaticamente, e agora afirmar que *eu* precisava clicar no enviar. Não escrevi o e-mail, mas precisava de uma vantagem. Mesmo que falsa. A ideia de que pessoas, Fornecedores, se escondiam à vista de todos me fez questionar tudo o que eu sabia; eles podiam ser qualquer um, estar em qualquer lugar.

— Tudo bem. — Ele saiu arrastando os pés, sem notar o meu erro, e fechou a porta. Recuei e mantive os braços cruzados, pronta para sacar o spray de pimenta que substituí pelo meu celular antes de sair do carro. E mais, Kurt esperava por mim; se eu precisasse de ajuda, ele viria.

Mas eu sabia que, se Trip quisesse me dominar, ele conseguiria.

Com a cabeça erguida, mantive a pose, esperando por uma resposta... ou um movimento súbito na minha direção.

— Meus pais discutiram o seu caso, mas daria trabalho demais. — Ele fez uma pausa. — Quem te falou da encomenda? — Seus olhos se estreitaram, e ele prosseguiu: — Eles têm uma regra: nada *daquela* parte da vida deles se intromete com *essa* parte. Pegar você só levantaria suspeitas para essa parte do trabalho deles por causa da nossa... história.

— Então por que você...

— Tentei te afogar debaixo da cobertura da piscina? — repetiu, terminando a pergunta.

Hesitei.

— Isso mesmo. Assim, você sabe que encomendas como essa não envolvem simplesmente matar alguém. Na verdade, tenho certeza de que o seu plano teria dado errado de um jeito ou de outro. — Considerando todas as testemunhas e paramédicos que teriam sido chamados caso Thanatos não tivesse aparecido.

— Legal. A encomenda chegou há pouco tempo. E, acredite no que quiser, mas meu plano poderia ter funcionado.

Aquela era uma admissão de culpa? Eu tinha beijado esse cara. Eu o deixei me beijar. E ele esteve tramando a minha morte.

— E você faz ideia de quem fez a encomenda? Você poderia perguntar aos seus pais?

Trip riu; um som frio que me deixou arrepiada.

— Não, o pedido foi enviado por e-mail, e os meus pais apagaram a mensagem no momento em que decidiram que não aceitariam a proposta. Deletaram todos os traços da encomenda; outra regra. Já acabamos?

Assenti, nauseada.

— Por ora. Mas eu juro, Trip. Nunca se aproxime de mim de novo. Se me vir na escola, dê meia-volta, vá para o outro lado como o covarde que você é. — Os olhos dele se arregalaram em fúria.

Dei um passo para trás e desci os degraus, indo em direção ao carro. *Não corra,* pensei. *Não dê essa satisfação a ele.*

Às minhas costas, ouvi *Mia Apodrecida* ser murmurado de seus lábios. Parei e me virei.

— Foi você? — perguntei, pensando no bilhete no meu armário.

Um sorrisinho nojento ergueu o canto de sua boca.

No momento que bati a porta do passageiro, fui coberta pelo alívio.

— Bem? O que o cara disse? — perguntou Kurt. — O otário admitiu? — Não contei a ele sobre os Fornecedores. Não achei que fosse seguro. O que fariam com o meu amigo se soubessem que ele estava a par de tudo?

— Não foi ele — respondi, referindo-me à pergunta de quem drogou a nossa bebida.

Kurt pensou que eu confrontaria Trip por causa da cerveja que ele tinha me dado na festa. Mas o que eu descobri era muito pior. Meu ex admitiu que tinha tentado me matar. Mas mencionou que o pedido havia sido feito há pouco tempo, o que significava que nosso relacionamento não foi totalmente falsificado no fim das contas, o que me fez sentir um pouco menos idiota. Mas acho que ele me odeia o bastante para tentar cumprir o pedido. *Quem diria que um término com Trip seria tão fatal?* Estremeci.

Kurt se virou.

— Eu tinha certeza de que foi ele. Tinha que ser. — Não queria que Kurt suspeitasse de Trip, nem quanto à cerveja. Quanto menos ele soubesse, melhor.

Ergui os ombros.

— Eu sei, eu também. Mas ele estava dizendo a verdade. — Odiava mentir para o meu amigo. Eu contava tudo para ele, mesmo esperando alguns dias às vezes. Mas jamais poderia dizer a verdade quanto ao que estava acontecendo. Do retrovisor lateral, vi Trip nos observar lá da varanda enquanto atravessávamos o portão.

Se eu tivesse quaisquer provas sobre os negócios da família de Trip, a primeira coisa que eu faria seria revelar para a polícia e para todo mundo que minha família conhecia. Mas eu não tinha, minhas alegações não seriam nada mais do que me disse; apenas acusações de uma ex louca.

A raiva ferveu dentro de mim. Como é que fui me envolver com um cara desses? E por que tinha alguém tentando me matar? Não, pior. Filetar. Estremeci e fechei os olhos, focando a vibração das rodas no solo para acalmar os meus nervos em frangalhos.

vinte

O sono só trouxe mais pesadelos e, bem, com exceção de na escola, não ando dormindo muito esses dias.

Não havia muito pelo que viver sendo que eu não viveria por muito mais tempo. Até mesmo coloquei a redação para a Berkeley em espera... definitiva.

As pessoas falavam dessas listas de "o que fazer antes de morrer" como uma forma de comemorar uma vida bem vivida. Mas não senti nenhum desses impulsos, nenhuma sensação que deveria me encorajar a desafiar a morte antes de me encontrar com ela em menos de três dias. Mas pelo menos pude riscar o tópico "dizer a Trudy o que achava dela". Foi ontem.

Atirei outra faca, cravando-a perto das outras. Ergui a mão esquerda, a não dominante, e lancei... e errei; estremeci com o som de outro amassado na porta.

A expressão de Trudy, diante das outras pessoas, foi impagável, mas eu meio que me senti mal depois. Eu não era cretina desse jeito, por isso me desculpei. E ela saiu correndo, me informando de que os meus óculos eram "quadrados demais para o meu rosto" enquanto me assegurava de que ela teria que "se esforçar muito para me perdoar". No segundo depois do *me perdoar*, eu quis retirar o pedido de desculpas, mas assim que as palavras saíam, voavam com o vento, iam-se para sempre. Kurt não estava muito satisfeito comigo. Ele não se lembrava da razão para eu não gostar dela?

Meu celular vibrou, parecendo as asas de um beija-flor batendo na madeira da minha mesa de cabeceira. Eu me virei e o peguei, impaciente, imaginando quem poderia ser. Thanatos? O aparelho escapou dos meus dedos e caiu virado para baixo. A tela iluminou os fios castanhos do carpete. Eu o peguei. Era uma mensagem de Kurt; para ele ir à festa surpresa de hoje à noite, mas Trudy não podia ir.

Em um momento de pura felicidade por nossa amizade ainda estar intacta, o telefone acabou escapando das minhas mãos de novo.

Uma batida soou à porta.

— Entra — falei, sorrindo ao reler a mensagem.

A maçaneta sacudiu, trancada. Saltei da cama, destranquei e voltei a me jogar lá.

Essa noite, haveria uma festança para comemorar o aniversário de 52 anos do meu pai. Seria no Downtown 404, um buffet vintage que ficava a vinte minutos da minha casa. O restaurante pitoresco ao lado seria nossa história de capa.

Meses atrás, meu tio havia praticamente exigido dar uma festa surpresa para o irmão mais novo. De início, minha mãe não concordou, mas acabou aceitando; era difícil dizer não para o tio Shawn, ainda mais quando ele tinha uma assistente para planejar cada detalhe. Mas ele não ficou satisfeito com o local. Gaige não fazia o estilo dele.

— Não é muito glamouroso — dissera, mas meu tio estava a par da minha história com Houston e tudo o mais. E, por ser surpresa, convencer meu pai a ir a um restaurante de fachada em Gaige seria muito mais fácil do que inventar uma desculpa para levá-lo até a cidade grande... sem mim.

Uma bolsinha azul estava pendurada na mão da minha mãe como se fosse um pêndulo em miniatura.

— Comprei para você, para usar hoje.

Ótimo, minha mãe escolher as minhas roupas era algo que não acontecia desde os meus doze anos. Eu podia não ter o melhor senso de moda, mas o dela era pior no que dizia respeito a roupas legais para uma adolescente, e não para uma conselheira estudantil de cinquenta e cinco anos.

Ela entrou devagar, segurando a bolsa na ponta dos dedos, dando gritinhos de alegria. Eu não poderia magoar seus sentimentos, não agora. Ergui as sobrancelhas e sorri quando ela jogou a bolsa na cama diante dos meus joelhos.

— O que tem aí dentro? — perguntei.

Ela interceptou minha tentativa de colocar a mão lá dentro e tirar o papel de seda listrado em tons resplandecentes de dourado e prateado. Ela desdobrou o papel e eu quase caí da cama. Um vestido cor de malva com saia de pregas, não de chiffon nem de baile como o que eu usei na casa de Thanatos aquele dia, mas a cor era exatamente a mesma. Meu TEPT veio com tudo, como se eu tivesse de volta àquela sala antes de o meu mundo desabar no lado vacilante do canibalismo.

Como era possível eu gostar de Thanatos quando ele vinha de uma família de assassinos? Uma das razões para eu não ter convidado o garoto hoje era que não sabia como lidar com meus sentimentos por ele. Esse lá e cá entre querer estar perto dele e saber que não deveria... eu precisava de tempo de tudo isso.

— Há algo errado? — Ela girou o vestido antes de colocá-lo arrumadinho sobre a cama e tirou do fundo da caixa um suéter brilhoso. —

Comprei esse para você também, sabe, usar junto. — O tecido dourado me tirou do transe perigoso em que entrei.

Balancei a cabeça.

— Claro que não. É lindo. — Sorri.

Ela estreitou os olhos, duvidosa.

— Recebi uma ligação do Sr. Kapoor hoje. — Ela fez uma pausa, seus ombros afundaram. — Ele está preocupado com você, disse que está dormindo durante a aula. Tem algo te incomodando? Quer conversar?

Meu sorriso abriu ainda mais.

— Não tem nada me incomodando. Só tenho estado acordada até tarde, trabalhando na redação.

Ela se empertigou.

— Quer que eu leia? Talvez eu possa ajudar, dar outra perspectiva?

Ela estava vendo se eu estava blefando? Eu achava que não.

— Ainda não, mas talvez mais tarde. — Fiz sinal para a situação em mãos, tentando distraí-la. — Sério, mal posso esperar para usar o vestido — falei, mais entusiasmada.

Peguei a peça na cama e medi sobre o meu torso ao ficar diante do espelho. Minha mãe estava sentada atrás de mim, com as mãos juntas, orgulhosa de si mesma. O vestido era bonito, um pouco chique demais para o meu gosto, mas considerando quem estava dando a festa, caiu bem.

Minha mãe franziu o nariz em deleite e me abraçou com força.

— Vai ser divertido. Não acha?

— Você precisa mesmo sair mais, mãe. — Meu mau-humor era típico da lista de atitudes de Mia com o que envolvia frequentar um local cheio de adultos. Os lábios dela se abriram em um sorriso lento; meu comportamento de sempre pareceu deixá-la mais relaxada.

— Ah, vamos lá, seu pai não faz ideia. Mal posso esperar para ver a cara dele. — Ela encarou o nada, imaginando a reação deles. A animação da minha mãe era um pouco contagiosa, só um pouco. Abri as portas do meu closet e pendurei o vestido e o suéter no cabide.

— Bem, quer me ajudar a escolher os sapatos? — perguntei, deixando as sandálias de tiras penderem de meus dedos.

Fazia tempo que eu não via o meu pai ser pego totalmente de surpresa, a não ser quando eu era pequena e saltava do canto em que estava escondida para dar um susto nele. Meu coração se encheu de felicidade quando capturei o momento com a minha câmera novinha em folha. Não havia como descrever a expressão dele ao entrar no lugar e vê-lo preenchido com amigos e familiares.

Após uns poucos segundos de olhar para todo mundo, uma familiaridade gradual tomou conta dele. De início, ele tentou insistir com minha mãe para irmos embora, com medo de estarmos invadindo a festa de alguém... até ele ver o tio Shawn e a vovó Early; entre o olhar arregalado de animal acuado e a cabeça baixa, ele percebeu o real motivo do evento.

Tio Shawn soprou o mirlitão primeiro, seguido por centenas de confetes de todas as cores atirados pelos lança-confetes. Meu tio prestou atenção a todos os detalhes, desde as cortinas de seda que traziam vida às sombrias paredes de dez metros de altura até os arranjos celestiais de gardênias e margaridas postos no centro de cada mesa, pontilhados com pisca-piscas.

— Shawn, não precisava — disse meu pai, ao abraçar o irmão mais velho. Eles trocaram tapinhas felizes nas costas, como velhos amigos faziam quando não se viam há muito tempo. Ele soou encantado e agradecido, mas eu sabia que a festa chique dada em sua honra devia ser a última coisa que ele queria. E, pelo olhar da minha mãe, ela também não esperava que o Downtown 404 se transformasse em um salão de baile elegante. Um lustre resplandecente pendia do teto. A única parede em que não havia cortina de seda era a que estava coberta por dezenas de pinturas com molduras grossas.

À esquerda do meu tio estava uma morena alta, com metade da idade dele, usando um clássico colar de pérolas. Os ombros elegantes e o comportamento em geral expressavam uma sofisticação que faltava à nossa cidadezinha de interior.

Por um breve momento, minha mãe parou de encarar a decoração e abriu um sorriso educado.

— Shawn, não vai nos apresentar?

A testa do meu tio se encrespou em confusão antes de ele enfim perceber a quem minha mãe se referia. Ele colocou a mão ao redor da cintura da mulher, devia ser a mais nova namorada do meu tio, ele sempre estava de rolo com alguém.

— Ah, claro que sim. Essa é a Elena.

Elena cumprimentou meus pais com um meneio de cabeça.

— Bem, é um prazer te conhecer, Elena — disse minha mãe.

Sem dar qualquer indício, meu pai puxou Elena para um abraço, e o corpo dela ficou tenso. Uma risadinha escapou dos lábios de minha mãe.

Tio Shawn pegou duas taças de champanhe de um garçom que passava e as entregou aos meus pais.

Um quarteto de cordas tocava nos fundos do salão, harpas e umas coisas grandes parecidas com violinos. O nome do instrumento escapuliu da minha cabeça, rimava com… martelo, eu achava.

Vovó Early avançou em sua cadeira de rodas. Eu a abracei primeiro antes de tio Shawn me dar um abraço de quebrar os ossos. Depois foi a vez de Ben. Um segundo após eu elogiar o colar da minha avó e desejar que ela sorrisse, alguém chegou por trás e tapou os meus olhos.

— Adivinha quem é? — disse uma voz séria e gutural.

Coloquei as mãos sobre as dele, sabendo exatamente quem era.

— Kurt, você está estragando a minha maquiagem — resmunguei, puxando sua mão ao me virar.

Ele riu.

— Nossa, M, jamais pensei que ouviria essas palavras saindo de sua boca.

Eu tinha pavor de tocar os meus olhos, mas deixei os óculos de lado e decidi usar lentes de contato para a festa; não por causa do que Trudy disse. Às vezes a gente precisava fazer algo para se sentir melhor… se maquiar um pouco. Essa era a noite ideal para isso. Uma festa animada para uma garota que estava tentando não pensar em coisas ruins. Afastei as imagens horrorosas da masmorra o melhor que pude. Eu precisava me agarrar ao pouco de felicidade que me permitia esquecer, por algumas horas, da minha situação desesperadora. Se não podia ser feliz aqui, onde mais seria possível?

— Você está bonita, Mia — disse ele, ao me girar mais ainda, com os olhos indo e vindo pelo meu vestido.

— Eca, Kurt. Para. — Eu ri.

Não falei da Trudy, imaginando que, se ele quisesse dar detalhes, teria feito isso. Optei por pegá-lo pelo cotovelo e puxei-o até os canapés: cogumelos com ervas, antepasto de alcachofra, minipizzas, um bolinho verde e fedorento recheado com queijo, e outras coisas cujo nome eu não sabia, em meio a um monte de sobremesas minúsculas. Esquadrinhei a mesa procurando por frios, esperando que não houvesse nenhum, e não havia.

Ao fim da fila heterogênea de quitutes, quadradinhos de guardanapos chamaram minha atenção. Meus joelhos fraquejaram e a palma das minhas mãos bateram na beirada da mesa, me impedindo de cair. Felizmente, Kurt ainda estava se servindo e não notou. A pilha de guardanapos estava adornada com um único naga verde-limão no centro; a cauda mais brilhante que o corpo se curvava ao redor de pés abaixo de olhos cor de fogo.

Virei a cabeça em todas as direções, me perguntando quem era o responsável pelos guardanapos. Foi quando notei os de pano na mesa perto de mim. Um naga em forma de broche enfeitava os anéis que envolviam o tecido branco gelo no meio de cada lugar em todas as mesas.

Era uma piada cruel? Eu não sabia o que pensar.

— M, o que foi? — perguntou Kurt, me cutucando ao ir até a ponta da longa mesa.

Balancei a cabeça e sorri de orelha a orelha para agradá-lo.

— Nada. Eu só... pensei ter visto uma coisa. — *Controle-se. Tem que haver uma explicação...*

A sobrancelha esquerda do garoto se ergueu e ele pressionou os lábios. Uma fila havia se reunido às nossas costas. Com uma das mãos, Kurt me puxou para o lado.

— O que você viu?

Mordi o interior do lábio e pensei na primeira coisa em que pude pensar para fazer meu amigo parar de fazer perguntas.

— Trip — falei, com o tom estridente.

Kurt estreitou os olhos.

— Bem, pode não ter sido ele quem drogou a nossa bebida, mas tenho uma sensação ruim quanto a ele... — Kurt fez uma pausa e encarou os próprios pés. *Mas meu ex foi o responsável*, pensei. Só não podia contar ao meu amigo.

— Tenho que confessar uma coisa — disse ele.

Suas palavras prenderam a minha atenção, feliz pela mudança de assunto. Mas, lá no fundo, eu ainda imaginava de onde todos aqueles adornos de naga haviam saído.

— Eu meio que fiz compras na butique dos pais dele outro dia.

— O quê? Por quê? — perguntei, imaginando a razão para ele estar me contando isso.

— Bem, sei do seu histórico com a Trudy e tudo o mais, e não deveria ter saído com ela, nunca. Aí fomos até Houston e compramos umas coisas. Ela comprou esse conjunto ridículo de anéis para a gente... — Ele balançou a cabeça. Lembrei do anel que o vi usando no carro naquele dia, o que significava que era da área de Houston. — Eu me senti culpado porque sabia que você e o Trip estavam se desentendendo. Só queria pedir desculpa. Eu fui tão babaca. Não vai acontecer de novo, ok?

Não era necessário ele pedir desculpa, mas foi bom. Havia uma barreira incômoda crescendo entre nós, e agora ela sumiu. Com tudo o que estava acontecendo na minha vida, eu precisava mesmo disso. Envolvi os braços ao redor dele e lhe dei um abraço e um beijo na bochecha. Então o soltei, e logo me senti estranha.

— Tudo bem. — Sorri.

Uma área de uns seis metros havia sido liberada na frente do palco. Depois de dezenas de fotos, deixei minha câmera ao lado do casaquinho sobre a mesa.

Meus pais dançavam no canto do círculo, a duas meses de distância.

Estremeci quando Kurt me pegou pela mão, uma dorzinha ainda persistia no meu dedo do meio depois que soquei a parede naquele dia. Disse aos meus pais que havia batido sem querer na porta do carro. Por sorte, eles acreditaram.

Segurando minha mão para cima, ele me girou para o lado. Nossa dramática dança descoordenada, sem termos ideia do que fazíamos, não era nada em comparação com os giros graciosos dos meus pais. Rimos e me deixei esquecer a escuridão pairando sobre mim, impulsionada pelo baile animado.

Meus olhos encontraram os de uma menina loura servindo bebidas a quatro mesas dali. *A irmã de Thanatos.* Usando uniforme de garçonete, sem maquiagem.

Meus braços ficaram tensos, mas logo relaxei, não querendo deixar Kurt desconfiado.

Eu o girei, assumindo a condução, e dancei para longe do campo de visão dela. A música chegou ao fim.

— Olha, eu já volto — avisei, e saí às pressas para o corredor onde ficavam os banheiros. Um milhão de pensamentos corria pela minha cabeça enquanto eu praticamente hiperventilava.

Thanatos tinha algo a ver com a presença da irmã aqui?

Eu me recostei na parede do banheiro feminino, acalmando os nervos. *Ela estava me vigiando para o Sr. Sperren? Certificando-se de que eu não tentasse nada? O que aconteceria se eu simplesmente desaparecesse? Arrumasse minhas coisas e fugisse?*

O canto escuro e tranquilo, longe da multidão, me deu espaço para pensar, mas eu precisaria voltar em algum momento. Kurt acabaria vindo me procurar. Quando me virei, alguém trajando calça risca de giz e salto alto vinha na minha direção.

Os saltos batiam no piso de madeira, o rosto estava escondido pelas sombras. Espiei o corredor silencioso às minhas costas, implorando para que alguém, qualquer um, escolhesse esse momento para sair do banheiro.

Segundos se passaram, o clicar dos saltos se aproximava.

Eu estava sozinha, encarando a pessoa que se aproximava.

vinte e um

Pessoas. Eu precisava de pessoas.

O que aconteceria se eu gritasse? Eles matariam os meus pais? O Ben? Aqui mesmo? Agora?

Respirei fundo e comecei a voltar para o salão, me aproximar de gente, esperando poder correr antes que essa pessoa tivesse a chance de me deter. Firmei a mão na parede e passei os dedos ao longo das ranhuras da textura, fingindo não prestar atenção em quem se aproximava.

Mas foi em vão; ela fechou a distância com um salto. Seus movimentos mais rápidos que os de um humano normal, rápidos demais, e era como se ela soubesse o que eu pretendia antes mesmo de eu sequer pensar em correr.

Era a outra irmã de Thanatos. Os lábios vermelhos desvairados estavam franzidos enquanto ela me observava. Não me movi.

Minha voz ficou presa na garganta. Forcei as palavras a saírem.

— O que você quer?

O nariz dela estava a centímetros do meu. Meus olhos tremularam dela para a parede e para ela de novo.

Ela falou bem devagar e com clareza.

— Não se atreva a ter ideias brilhantes para procurar quem fez o pedido. Entenda. Sua morte é iminente, não importa o que você faça. Então pare de procurar.

Ela hesitou, e não se moveu.

Abaixei a cabeça.

— Entendi.

Por que importava eu encontrar quem fez a encomenda? O Sr. Sperren estava com medo de não ser pago? Eu tinha a sensação de que o homem não temia nada. Então por quê? Não descobri quem era o comprador, e a irmã de Thanatos com certeza sabia disso. O que ela quis dizer com minha morte era iminente, não importava o que acontecesse?

Ela me olhou por um segundo a mais antes de passar a língua pelo lábio superior, então se virou e andou toda empertigada em direção às portas que levavam lá para fora. No momento que a garota desapareceu, voltei correndo para o salão. Estar em um mar de amigos dos meus pais nunca foi tão bom, e mais seguro que o corredor.

Um *tum tum tum* difuso veio lá do palco. Tio Shawn estava parado em uma postura arrogante na frente do quarteto de cordas, com o microfone na mão.

— Essa coisa está ligada? Testando, um, dois, três — brincou.

Todo mundo ficou quieto. Com uma das mãos no bolso, ele caminhou para a esquerda. Na lateral do palco, um canhão de luz se fixou no meu pai, que estava de pé em meio à multidão, ao lado da minha mãe.

— Estamos aqui hoje para celebrar a vida de Rhodes, meu irmão mais novo. É uma noite especial, não apenas para ele, mas também serve para nos lembrar da importância que a família tem. — A multidão assentiu com entusiasmo. — Há vinte e dois anos, eu subi em um palco parecido quando ele se casou com Katherine. Mal sabia eu, se ouso dizer, a vida prodigiosa que ele teria, e os dois filhos maravilhosos que tenho a honra de chamar de sobrinhos.

Suspeitei que meu pai não estava gostando do holofote e da atenção enquanto se movia sob seu brilho; a luz o seguiu quando ele tentou escapar dela. Não havia como. Minha mãe entrelaçou o braço no dele, mantendo-o no lugar.

Enquanto meu tio falava, não pude deixar de observar cada sapato na minha frente, examinando-os em busca de nagas.

— Vocês devem ter notado a parede com pinturas elaboradas à minha esquerda — disse tio Shawn. Todo mundo se virou para lá. — Essa noite também marca a abertura da minha nova galeria.

O cômodo foi tomado por aplausos animados, e as pessoas perto da parede foram até lá para ver melhor. Pensei que era um pouco estranho tio Shawn ter enfiado no discurso a propaganda do seu novo negócio; algo de que eu não sabia nada. Um pouco pretensioso de sua parte. Ele era advogado, não artista. Ao que parecia, o homem havia comprado uma galeria. Não seria a primeira vez que ele investia em algo em que acreditava, em troca de uma parte dos lucros. A arte abstrata ousada era muito a cara dele: chamativa e barulhenta.

— Rhodes, irmãozinho — ele fez uma pausa, erguendo o copo. — Eu te amei desde o instante que a nossa mãe te trouxe para casa gritando e chorando… mesmo que eu estivesse um pouquinho irritado contigo. Fico feliz por você ter crescido e melhorado nesse aspecto. — A multidão riu. — Feliz aniversário! Esse é para você.

— Viva! — gritou um cara à minha direita.

Todo mundo brindou ao meu pai, que retribuiu o gesto com a mão da minha mãe ainda em seu braço.

O holofote enfim se apagou, e tio Shawn desceu do palco quando o quarteto voltou a tocar. Dois dançarinos saíram de detrás das cortinas, girando e saltando no ar. O ritmo elegante das sapatilhas da bailarina saltar e do bailarino dando impulso a ela enquanto estava ajoelhado combinava com o ritmo da música. Eles dançaram enquanto todo mundo observava maravilhado, e meus pais se fixaram neles.

Quando a música acabou, os bailarinos fizeram uma reverência graciosa e sumiram atrás das cortinas pretas. A noite estava começando a ficar um pouco demais para mim. E nenhum dos sapatos que vi tinha um naga, mas não conseguiria parar de procurar até que a festa acabasse.

Abri caminho em meio à multidão, com os olhos grudados nos sapatos. Encontrei Kurt sentado à nossa mesa. Com a cabeça abaixada... desmaiado. Puxei a cadeira e o encarei por um momento, pensando, depois cutuquei seu ombro para acordá-lo.

— Kurt, acorda.

Ele secou a baba da bochecha, sem nenhuma vergonha, e soltou um suspiro pesado antes de enquadrar os ombros na minha direção.

— Você está saindo com alguém?

Abri a boca, e logo a fechei. Eu não tinha mencionado Thanatos ainda.

— Como assim?

— Sua mãe. — Ele apontou para ela. — Me perguntou o que eu achava de Thanatos.

Minha mãe. É claro.

— Bem, a gente não está saindo. Não sei o que estamos fazendo. — Eu não sabia como descrever a conexão que eu tinha com ele sem contar tudo a Kurt. Eu gostava de Thanatos quando ele não estava me levando para jantar na sua casa de canibais. Mas o que eu sentia por ele era ainda mais difícil de entender. Um sabor terrível se alojou no fundo da minha garganta quando voltei para o salão. Mais uma vez, enfiei um sorriso no rosto, fingindo que estava tudo bem.

Uma coisa era certa: Thanatos não tinha enviado as irmãs. Estavam aqui para avisar tanto a ele quanto a mim. Avisar para pararmos de procurar quem fez a encomenda.

Meia hora depois, a multidão diminuiu. Vovó Early foi uma das primeiras a partir. Ela não era uma pessoa muito noturna, nem vespertina, diga-se de passagem, costumava ir para a cama às sete. Kurt esperou um pouco mais antes de ir também.

Eu não o culpava.

O pessoal trabalhando na festa recolheu pratos e bebidas das mesas, e os músicos já tinham guardado os instrumentos. Não havia vestígio da irmã garçonete. Com o lugar praticamente vazio, tio Shawn se aproximou com Elena ao lado.

— Sabe, Mia, sinto muito por não termos tido a oportunidade de nos conhecermos melhor ao longo dos anos — disse ele, e então abriu um sorriso. — Notei que você gostou da câmera.

Puxei a alça ao redor do pescoço.

— Demais — respondi, sem querer revelar que a que ele me dera havia quebrado. — Talvez ano que vem o senhor possa nos visitar mais vezes. — Minha sugestão súbita repuxou meu coração, o ano que vem era uma esperança distante, uma imagem que se esvanecia mais a cada dia.

Ele assentiu e se inclinou para me abraçar, e a Ben também. Enquanto meus pais se despediam, tio Shawn arrumou, com uma mão rígida, o colarinho do meu pai. As pontinhas haviam virado como asas de origami, e obviamente incomodavam mais a ele que ao meu pai, que balançou a cabeça, deixando o irmão mais velho arrumá-las.

— Se precisava de um terno, eu teria arranjado um — disse tio Shawn. — Ou pelo menos uma gravata.

Meu pai ignorou o comentário.

— Não era como se eu soubesse o que ia acontecer. Foi surpresa, lembra?

A cabeça de tio Shawn se inclinou para trás quando ele riu e bateu no peito do meu pai com as costas da mão.

— Só estou brincando contigo. Mais uma vez, feliz aniversário.

A família se abraçou, beijou testas e bochechas. Meu tio e Elena ficaram com a assistente dele depois que saímos do salão vazio.

Lá fora, um carro conhecido estava no estacionamento meio vazio. Os da minha família eram os únicos lá. O ar noturno tinha um cheiro fresco, a lua crescente enfeitava o céu junto com um cobertor de estrelas brilhantes.

A porta do carro se abriu e Thanatos saiu de lá.

Atrás dos meus pais, parei de supetão com Ben ao meu lado.

Thanatos vestia um smoking preto e branco, com o cabelo penteado com gel. Mordi o interior da bochecha e olhei ao redor, procurando pelas irmãs dele, mas, para meu alívio, ele estava sozinho. E sua aparência estava incrível. Meu coração disparou. Meu tempo longe dele tinha acabado, e eu não reclamaria.

Minha mãe e meu pai pararam no momento que o reconheceram, testemunhando a troca silenciosa entre nós dois.

Ele se aproximou, dirigindo-se aos meus pais.

— Oi, Sr. e Sra. Hieskety. Sinto muito por não ter chegado a tempo. Feliz aniversário. — Ele direcionou essas palavras ao meu pai, que ainda não sabia o que dizer. Ver Thanatos de smoking, esperando por mim, sua única filha, em um estacionamento, pode ter deixado o homem um pouco perplexo.

— Será que vocês me deixariam levar Mia para casa? — Ser cavalheiro vinha a calhar quando ele queria.

Meus pais olharam para mim. Ergui os ombros até as orelhas.

— Por favor.

— Mia e Thanatos, estão n-a-m-o-r... — meu irmão começou a cantarolar. Eu o empurrei com força o bastante para que ele parasse antes de terminar de soletrar.

Os olhos do meu pai deslizaram para a minha mãe.

— Tudo bem por mim, se estiver por você. — As palavras dele pareceram um pouco forçadas, como se esperasse que ela discordasse, livrando-o de dizer não, mas ela não fez isso. Sem qualquer relutância, ergui a mão para dar tchau e entrei no lado do passageiro.

Ao darmos ré, Bennie estava de costas para nós, acariciando as costas em um abraço, como se suas mãos pertencessem a alguém com quem ele estava dando uns amassos. Meu pai não pareceu nada feliz.

— Irmãos — murmurei, um pouco envergonhada e feliz pela escuridão da noite encobrir minhas bochechas vermelhas.

— Como foi a festa?

Thanatos acelerou no sinal amarelo e virou à direita. A pergunta permaneceu na minha cabeça.

— Você sabia que elas estariam lá? — perguntei.

Sua mão permaneceu no volante.

— Quem?

— Suas irmãs.

Suas costas enrijeceram e ele virou a cabeça para o lado.

— Eu não sabia. O que elas fizeram?

— Nada, na verdade. Só me avisaram para me manter na linha. Como você ficou sabendo da festa?

Eu não contei para ele de propósito. Não só eu precisava de uma folga, mas pedir ao garoto para vir a uma festa cheia de estranhos pareceu amadorismo, tínhamos coisas mais importantes a fazer, tipo encontrar quem me queria em pedacinhos.

Ele virou à esquerda em uma estrada mal iluminada.

— Sempre estou de olho em você. Não dá para ser cuidadoso demais — falou, olhando adiante.

Cinco minutos depois, paramos diante de uma cerca alta de alambrado com uma placa de "proibida a entrada" pendurada bem no meio, logo abaixo do horário de funcionamento em uma fonte menor.

Já estive aqui, mas muito antes de a prefeitura cercar o lugar. O parque era formado por dois lagos divididos por uma ponte com um riachinho que fluía de uma abertura nas rochas, igual a uma cachoeira. Vândalos usaram spray para pichar as árvores e fazer círculos na grama, destruindo o terreno. Quando foram reportados roubo e tráfico de drogas, puseram a cerca, fechando o local ao público depois que escurecia. Havia um banco perto do portão.

— Só um segundo — murmurou Thanatos.

Ele saiu do carro e correu até o cadeado que mantinha o portão fechado. De costas para mim, iluminado pelos faróis, os braços dele se moveram. Um instante depois, o cara empurrou o portão e fez sinal para que eu conduzisse o carro.

Meus olhos passaram pelo painel. Nunca dirigi antes, exceto pelas duas vezes lá na frente de casa. Com um nó na garganta, pulei para o banco do motorista. Ele tinha autorização para entrar? Subir em uma caixa d'água sem ter autorização era uma coisa, mas isso aqui parecia completamente diferente.

O carro rugiu, e eu engatei a marcha, soltando bem devagar o pé da embreagem.

Passei por ele em uma velocidade que até a minha avó acharia baixa.

Meus olhos iam da estrada adiante para a imagem dele no retrovisor. No momento que ele ergueu a mão, pisei no freio e pus o carro em ponto morto.

Ele fechou o portão, então veio parar o carro em uma vaga mais mal iluminada e que chamava menos atenção.

— Vem — disse, ao pegar a minha mão.

vinte e dois

Saí, curiosa para saber por que estávamos ali.

Ele abriu um cobertor no capô e subiu. Usar vestido e sandália se provou um desafio, ainda mais com uma câmera pendurada no pescoço. Eu a entreguei a ele, que me ofereceu a mão. Deslizei para perto dele, que se recostou sobre os cotovelos em uma postura despreocupada.

O galho que formava um dossel no nosso caminho foi substituído pelas estrelas. Eu conseguia sentir o cheiro da água vindo do lago brilhante; o luar reluzia em sua superfície.

A mão de Thanatos estava há centímetros da minha.

O céu azul-acinzentado resplandecia com pontinhos cintilantes. A Via-Láctea lançava poeira sobre um conglomerado no centro, como uma ponte brilhante ligando-a ao firmamento. Ninguém estava por perto, nem mesmo os guardas. Assim que percebi que estávamos sozinhos, me senti muito melhor; eu não ia parar na cadeia essa noite. Ou algo pior.

Um gorjeio mecânico soou, e eu dei um salto.

— O que foi isso?

Thanatos não se moveu, obviamente nada preocupado.

— Não esquenta, são os regadores automáticos. Eles ligam toda semana; usam a água do lago.

Como ele sabe dessas coisas?

— Ah — consegui dizer. O som deles interrompeu o clima, mas não pareceu incomodar o garoto. Peguei a minha câmera, preocupada que as gotas fossem atingi-la.

— Essa parte não está no ciclo de hoje. Não vamos nos molhar.

Ficou claro que não era a primeira vez dele aqui no parque de noite.

— Por que aqui? — perguntei.

Seu peito se elevou quando ele respirou bem de leve.

— Gosto de vir aqui, para pensar. Longe… da vida. — Ele se virou para mim. — E é bom ter alguém com quem compartilhar o lugar. — Um estranho brilho azulado se infiltrou em seu rosto, delineando linhas sutis ao redor dos seus olhos; talvez sinais dos fardos que ele carregava de uma vida de que a família o obrigava a fazer parte.

Uma risadinha escapou de meus lábios.

— O que foi? — perguntou.

— Só não imaginei que você desse um tempo de toda a ação... do caos. — Fiz uma pausa. — É legal.

A atração entre nós era palpável, inegável e impossível de escapar, assim como não se podia escapar da gravidade. E a vista era perfeita, não mais um simples parque, mas um lugar sereno cheio de aromas do outono que se aproximava. As árvores nessa parte do estado não mudavam as cores como era no norte, mas tinham o mesmo cheiro outonal; coloridas e sedutoras.

Tirei a lente da minha câmera e me virei. O modo noturno entrou em foco quando o mirei em Thanatos. Bati uma foto, então outra e outra.

— Acho que sei quem pode estar por trás disso tudo — disse ele, de repente.

Abaixei a câmera.

— Quem?

— É só um palpite. Dei uma volta por Houston ontem. E acontece que o naga verde é o símbolo de uma nova marca de roupas e acessórios. — Ele fez uma pausa.

Pensei no detalhe dos guardanapos da festa.

— Encontrei na internet, e lá no centro, algumas na loja do pai do Trip também. Não deu em nada, algo vendido em um punhado de lugares. Mas eu estava me perguntando... e se tiver a ver com a Julie?

Minha breve felicidade pareceu azedar. Peguei a câmera de novo e comecei a bater fotos. Julie foi levada comigo naquele dia; e nunca voltou.

— Como ela poderia ter algo com isso? — perguntei, com o rosto escondido pela câmera.

Depois de mais algumas fotos, ele ergueu a mão e abaixou o aparelho.

— Mia. Se os pais dela te culparem, eu diria que esse é bom motivo para te quererem morta. Você consegue imaginar ser eles e, a cada dia, observar você seguir com a vida? Eles ainda moram na mesma rua que você. Sabem que você está viva e que é provável que a filha deles nunca mais volte, algo assim levaria qualquer um à loucura. Ainda mais pais em luto que não têm outros filhos.

Tirei a faixa do pescoço e assimilei a nova informação.

— Mas você não tem nenhuma evidência? — Apoiei a câmera no colo.

Thanatos balançou a cabeça.

— Ainda não.
— Não se pode matar alguém com base em palpites.
Ele pegou a câmera.
— É claro que não, mas eu vou investigar e, se estiver certo, então não vejo outra saída.

Ele havia me dito que nunca tinha matado ninguém, mas agora, do nada, estava disposto a assassinar dois estranhos para salvar a minha vida? Virou a câmera e a ergueu até o olho, ajustando o foco em mim.

O aviso que sua irmã murmurou para mim no corredor ficou girando na minha cabeça.

— Não importa. A gente não pode fazer isso.
Ele abaixou os braços.
— Por quê?
Contei sobre o aviso da irmã dele.
— Não quero colocar minha família em mais perigo ainda.
Thanatos se inclinou para frente e se sentou, erguido.
— Preciso te contar uma coisa.
Congelei.
— Desça. — Ele saiu do capô e estendeu a mão para mim. Hesitei, mas peguei a sua mão e parei ao seu lado sobre a grama macia. Ele me soltou e, devagar, removeu as luvas, enfiando-as no bolso. Então começou a andar para lá e para cá, esfregando as mãos e entrelaçando os dedos diante do corpo.

Eu não sabia o que ele estava prestes a dizer, mas com certeza o deixou nervoso.

Por fim, ele parou e se virou. Recuei até minhas costas atingirem o tronco largo de um carvalho.

A copa da árvore encobria o rosto dele do luar. O garoto se aproximou, um passo por vez. A mão roçou o meu pescoço quando ele as apoiou atrás da minha cabeça; no instante que seus dedos roçaram a minha pele, senti uma picada de dor. Afastei o olhar. Meu coração titubeou.

O que eu estava fazendo? O que ele estava fazendo?
O vento soprou através dos galhos e folhas.
Chamas que eu não conseguia extinguir queimaram por mim. Questionei minhas razões para estar aqui, mas eu sabia que queria. Que queria esse garoto.

Meus olhos encontraram os seus.

Foi como se o espaço entre nós estivesse eletrificado; magnético. Seu olhar abrigava anos de infelicidade e tormento, mas lá no fundo também havia uma compaixão que eu não conseguia alcançar.

Meu coração acelerou mais ainda, alcançando o ritmo da minha respiração. Meus braços permaneceram ao meu lado até que... cederam. Agarrei a barra da sua blusa e o puxei para perto, selando o espaço que restava entre nosso corpo quente.

O chilrear agudo dos grilos ficou ainda mais alto no silêncio.

— Mia — sussurrou ele no meu ouvido. As coisas saíram do controle quando meu nome saiu de seus lábios, amplificando a ciência de seu corpo no meu. Eu soube que não deveria me sentir assim, que ele só estava na minha vida por motivos em que eu não queria pensar.

Sua boca viajou da minha orelha até o meu queixo, e quando nossos lábios se encontraram, um arrepio gostoso me percorreu. Isso, estar com ele aqui, parecia tão certo.

Com os braços de cada lado da minha cabeça, suas mãos permaneceram no tronco da árvore como separadores do mundo, mas eu os queria *em* mim. Com nossos lábios esmagados, tremulando em sincronia, meus dedos arrastaram pela árvore até encontrarem os dele.

No momento em que nossas mãos se encontraram, um raio de dor me sobrepujou e eu caí flácida, rompendo nossa conexão.

— Mia! — gritou ele.

A dor sumiu assim que nos separamos.

— Estou bem. — E eu estava. Comecei a perceber que havia algo *diferente* nele. Cada vez que suas mãos tocaram a minha pele, a mesma agonia passou por mim: no trem, do lado de fora do quarto dele e agora. Determinada, exigi: — Me conte a verdade. Quem você é? — pausei. — O que você é? — Você não é... normal.

Ele deu um passo para trás.

— Nem você — murmurou ele.

O desespero que havia persistido depois do toque havia desaparecido por completo. Eu ri da resposta, de um jeito exuberante.

— Como assim eu sou diferente?

Thanatos se virou para a esquerda e se sentou, deslizando as costas pela árvore. Seus joelhos serviram de apoio para as mãos.

— Vou ser direto com você.

— Direto comigo? — perguntei. — Agora? Quando foi que isso aconteceu?

— Mesmo se você pensar que o que estou prestes a dizer seja loucura — prosseguiu.

E o que na minha vida não é? Olhei para a direita.

— Tem algo a ver com o que eu vi? Com o seu pai? — Eu não sabia como descrever aquele dia: a miragem de um esqueleto assumiu a face de seu pai. Minha mente só pregava peças cruéis.

— De certa forma. — Ele fez uma pausa.

Eu não esperava que ele dissesse sim. Sentei-me ao seu lado, nossos quadris mal se tocavam.

— Bem, então começa. Desembucha.

Um minuto se passou antes de ele continuar, com muita firmeza:

— Sei de você desde que... te vi naquele dia. Uma das razões para eu te ajudar a fugir foi porque o meu pai estava insistindo para eu te matar. — Ele acenou antes de prosseguir, e olhou para baixo. — Eu sabia que era diferente, sabe, que a minha família não era igual às outras. Meu pai explicou para nós que foi expulso pelos outros ceifadores.

Eu o interrompi:

— Ceifadores? É outro nome para o que ele faz?

— Não faz — corrigiu. — Fazia. Um ceifador de vidas. — Assenti, para aplacar aquele papo louco. — Eles não aprovavam os métodos dele, mas, simplificando, quando ele decidiu que matar era muito mais divertido que guiar as almas através do rio, eles o tornaram humano... mas não muito. — Thanatos fez outra pausa, observando minha falta de reação. O que era para eu dizer? Talvez ele precisasse mais de terapia do que eu.

— Ceifadores desgarrados. O rio? Você acha que eu sou idiota? — Virei-me para longe, irritada com aquela história. Como os contos de fadas e personagens de filmes de terror de má qualidade viriam me ajudar?

— As almas devem viajar pelo rio Estige para chegar do "outro lado". O que estou te dizendo é verdade. Vou provar. — Ele ergueu a mão com a palma para frente.

Ergui uma sobrancelha para sua oferta.

— Agora você vai encerrar a noite com um truque de mágica? — Eu estava sendo sarcástica. Pigarreei. — Que absurdo.

Ele não moveu a mão.

Um pedacinho de mim, bem pequenininho, se perguntou se ele estava falando a verdade.

Por que mentiria?

Ele apontou a testa para baixo com uma expressão séria.

— É só pegar a minha mão.

Bem devagar, afastei o braço do colo e o ergui até o dele; hesitei, com a mão erguida.

O olhar dele fechou no meu.

Minha mão ficou parada.

Olhei para baixo, esperando que o que estava prestes a acontecer fosse só um jogo. Um que não machucaria tanto quanto da última vez que ele me tocou.

Então eu a abaixei, e logo fiz o contato tépido. No momento que nossas palmas se tocaram, ele entrelaçou os dedos nos meus, e a dor desesperadora, de embrulhar o estômago, me fez me curvar ao meio. Agarrei o peito com a outra mão, minha visão do chão cedeu à escuridão.

Caí em um estado de não existência. Era frio. Mais frio que o frio. E uma solidão profunda tomou a minha mente, estendendo seus dedos esqueléticos até a minha alma. Mas eu não conseguia ver nada nessa *realidade alternativa*. Só escuridão.

Era um vazio, um vento roçou meus ombros, chicoteando e puxando meu cabelo e meu corpo com tanta força que temi que minhas costas fossem se partir ao meio.

Desci pelo espiral da dor, o vórtex, onde havia uma sensação persistente de paz. Se eu pudesse ir mais longe, tocaria o centro aquecido. Mas eu não tinha controle sobre meus braços e pernas.

Eu não conseguia me mover.

Tentei gritar, mas não tinha voz.

Só conseguia *sentir*. Desejei que a dor parasse, me permitindo me concentrar na caixa fechada que continha um centro suculento. Que chamava por mim.

De repente, fiquei ciente de que Thanatos havia me soltado. Fechei os dedos, segurando-o por um milissegundo a mais. A escuridão atordoante era insuportável. Por que eu não soltava?

Como o primeiro número da combinação de uma tranca, algo dentro da minha alma se encaixou. Endireitei os dedos, puxando minha mão da dele. Meu ombro atingiu o chão primeiro, e eu tombei.

Pouco a pouco, minha visão foi desanuviando.

Segundos depois, com o peito latejando, abri os olhos de novo.

Sem dizer nada, respirei fundo. Eu me sentei e limpei a grama do vestido.

— Acredita em mim agora? — perguntou ele.

Com a garganta seca por causa da mudança brusca de realidade, pus para fora:

— Você também é um ceifador?

Minha mente lutava com a verdade, e embora eu não acreditasse muito no que ele dizia, uma parte maior de mim tinha certeza de que era verdade. Como poderia ser o contrário?

— Mais ou menos. — Ele pressionou os lábios. — Minha mãe é humana, meu pai é... praticamente *humano* agora, mas minhas irmãs e eu estamos em algum lugar entre um e outro. Elas mais que eu.

Um cansaço consumiu meus músculos por causa da tensão que o vórtice sobrenatural colocou neles. Esfreguei meus braços doloridos.

— Por que você não é igual às suas irmãs ou ao seu pai? Assim, você é diferente.

As sobrancelhas dele arquearam concordando, mas ele não sorria.

— Então você notou?

Claro que notei; elas agiam mais como as cobras do Éden, rastejando e tentando dar o bote em quem viam.

— Não é uma ciência exata. Quando expulsaram meu pai, era a única forma certa de conseguirem matá-lo: tornando-o humano. Do contrário, ceifadores não morrem, pois não estão nem vivos nem mortos. E ele foi o primeiro da sua espécie a ser banido em duzentos anos. Só que ele não morreu ainda.

— Quando éramos mais novos, minha irmã matou o que é chamado de lâmina. É meio que... uma *chave* para se tornar quem você está destinado a ser: não um ceifador pleno, mas algo parecido. Pelo menos é como eu descreveria. A parte humana nos impede de nos tornar ceifadores de pleno direito.

— Por que ele foi banido? — A pergunta pareceu estranha, como se eu estivesse jogando dentro de um sonho. Queria acreditar que o que acabou de acontecer não tinha acontecido, mas tinha. As mãos dele tinham um poder que eu não conseguia explicar, razão pela qual ele devia usar as luvas. Fazia sentido...

— Varíola.

— Varíola? — Precisei me esforçar muito para não rir daquela loucura.

— Varíola na Índia.

Balancei a cabeça ligeiramente, não entendendo nada.

— Em 1974, houve uma epidemia da doença na Índia. Matou 14.666 pessoas.

— E foi ele a causa?

Thanatos assentiu.

— Mais ou menos. Ele não fez acontecer. Mas era para morrer apenas umas duzentas pessoas. Em vez disso, ele ceifou milhares.

— Só um minuto. — Balancei a cabeça, em choque. — Como?

Ele deu de ombros.

— Importa?

Refleti. E concluí que não.

— Você matou uma lâmina? — A palavra, tão comum, soou estranha na minha língua. O que foi que as irmãs dele mataram? O que ele teria que matar? — É uma criatura? — Me senti meio boba ao perguntar, imaginando algo pegajoso, cheio de tentáculos e olhos redondos.

— Não uma criatura. — Ele engoliu em seco.

— Então o que é?

Ele deslizou o olhar para o meu.

— Uma pessoa.

Minha voz tremeu, e eu recuei, me afastando um pouco mais dele.

— Uma pessoa?

Ele assentiu.

vinte e três

Ele não precisou responder.

Depois que a encarada levou tempo o bastante, perguntei:

— Sou eu? Eu sou a sua lâmina?

— É. — Ele passou os dedos pelo meu cabelo. — É por isso que você se sente *conectada* a mim, e eu a você. E é por isso que você conseguiu ter vislumbres do que o meu pai realmente é.

Eu precisava ouvi-lo dizer aquilo de novo.

Meu coração saltou para a garganta.

— Mas você *não* está tentando me matar? — Engoli em seco.

Ele balançou a cabeça.

— Se o seu pai é humano, então por que os ceifadores não *matam ele*? Por que não impedem que você *e* suas irmãs façam o que fazem?

— Não podem. Interferir com o destino é estritamente proibido; pode ter consequências imensas em escala global.

— Por que você está me contando isso? — perguntei.

— Meu pai me deu um ultimato. A mudança só pode ocorrer no dia do meu aniversário. Daqui a três dias, eu faço dezoito anos. Se eu te matar até lá, se me tornar um deles, ele vai me deixar sair de casa e levar uma vida *normal*. — Apontou na direção de Houston. — No passado, quando eu tentava fugir, ele me localizava e matava qualquer um que se intrometia entre mim e minha "verdadeira natureza". Mas ele não pode matar você; se você morrer e não for eu o responsável, então a *oportunidade* para eu me tornar um deles desaparecerá para sempre.

— Por que se dar o trabalho? Por que não deixar que um dos outros Fornecedores venha atrás de mim? — Por que interferir? Parecia a solução mais lógica para um problema ilógico, pelo menos do meu ponto de vista.

— Eu não posso. Há algo em você. — A forma como ele me olhou foi diferente, como se eu fosse o centro do seu mundo. Como se nos conhecêssemos a vida inteira. O destino finalmente havia nos unido de um jeito horroroso e tortuoso. Ele voltou a calçar as luvas e segurou a minha mão.

— Então o que acontece se você me matar? — Eu me afasto e cruzo os braços.

lâmina de ESCURIDÃO 145

Os ombros dele despencam.

— Meu pai vai tentar. Ele está ficando um pouco impaciente. — Thanatos apoia a mão firme na minha coxa. — Mas não vou deixar acontecer.

A desculpa do pai dele ter um cliente pagando pela minha morte era só um ardil, um último recurso para forçar o filho. Mas o pedido era real... a hora veio a calhar para eles, para o meu azar. As palavras da irmã dele na festa ficaram mais claras agora: eu ia morrer, não importa quem tenha feito a encomenda.

— Mas se você se tornar igual ao seu pai ou às suas irmãs, você não vai ser normal. Não vai levar uma vida normal. Vai ser um assassino sanguinário como eles?

Ele assentiu.

— Que é a última razão para eu não considerar como uma opção.

Aliviada por ele não querer me matar, soltei o fôlego. Uma pergunta bizarra perdurava na minha cabeça, e a coloquei para fora:

— Quando você toca alguém, como é... para você? — Doía nele também?

Ele olha para baixo, encarando a grama como se estivesse com vergonha do que estava prestes a dizer:

— O exato oposto do que você sente. Vivo, uma descarga tripla de adrenalina, euforia. — Desejei não ter perguntado; ele tentou conter a empolgação da sua voz, mas eu a ouvi. — Lá no fundo, eu sei a forma mais fácil, a melhor, de matar a pessoa que estou tocando naquele exato momento. — Ele fez uma pausa. — Por exemplo, quando você se curvou, descobri que você tem um sopro no coração. Se eu te batesse bem no meio do peito, ele pararia. — Suas palavras me afligiram, não por causa do que ele disse, mas pela forma como o fez.

Meus olhos foram e voltaram das suas mãos segurando a minha.

— Não é possível.

— Não é uma doença, só uma má formação. Provavelmente não vai dar em nada — disse ele, me assegurando como se fosse ajudar. Considerando que eu tinha menos de três dias, gostaria de levar aquela falha para o túmulo.

— Eu deveria chamar você de Dr. Thanatos? — Fiz piada um pouco cedo demais, tentando deixar uma situação estranha um pouco menos estranha. — Você *quer* me matar? — Eu precisava saber.

Ele hesitou antes de responder.

— Parte de mim quer, e não vou mentir, é uma parte poderosa, mas eu a controlei por todo esse tempo.

Todo esse tempo?

— Quer dizer que você se sente assim desde... — referindo-me à primeira vez que ele me viu.

Ele assentiu. Os olhos vidrados enviaram arrepios pelos meus braços.

— Foi por isso que você vagou naquele dia. Você me sentiu. E foi por isso que tomei o cuidado de não voltar para a cidade até não ter mais opção. Mas eu jamais te machucaria. — Ele fez uma pausa e olhou para longe, deixando o cabelo louro cair na bochecha. — Eu não consigo. — Sua mandíbula ficou tensa, e ele torceu os dedos. — E não vou.

Pelo menos eu sabia a razão para ter essas sensações enervantes no início; estávamos conectados a um nível sobrenatural. Era a forma do meu corpo de me arrastar para ele. E qual fosse a razão, essas sensações terríveis pararam no momento em que ele colocou o pé na sala de aula.

Será que eu estar por perto fazia ser difícil para ele controlar o lado que queria matar?

E se ele não conseguisse mais ignorar o impulso? E se abafá-lo todos esses anos enfim ganhasse da parte que queria me manter viva?

Minha mente girava, pensei nos pais de Julie. O aviso da festa não tinha muita importância já que eu morreria de um jeito ou de outro. Se eu não encontrasse quem me queria morta, então a mesma pessoa poderia fazer outra encomenda para levar mais alguém da minha família depois que eu me fosse?

— Não sem a minha ajuda — resmunguei.

Ele me olhou, confuso.

— Os pais de Julie. — Não parecia certo. Mesmo se fossem eles os responsáveis por tudo isso, mas fazia sentido eles me quererem morta. Tinham direito de querer. E eu queria saber se era verdade, consertar isso de alguma forma.

Nós nos levantamos e eu o segui até o carro.

Como se não tivéssemos tido uma conversa que mudou minha forma de ver a vida, Thanatos pegou a minha câmera no capô e bateu uma foto minha. Ergui a mão e bloqueei a lente.

— Você já notou que sempre está por trás das fotos, mas nunca no foco? — disse ele.

Revirei os olhos. Sério mesmo que ele estava mudando de assunto?

— E esse vestido, não me entenda mal. Você está linda. Mas, sem os óculos, e com toda essa maquiagem, é como se você fosse outra pessoa. —

Fiquei confusa com aquele desvio na conversa. Eu precisava de tempo para processar essa nova informação. Eu não conseguia me desligar de assuntos de vida e morte assim com tanta facilidade.

— Diz o menino de camisa de flanela que está usando smoking. — Tomei a câmera dele. — Quero ir para casa.

Abri a porta do passageiro e esperei.

Todo o caminho até em casa, encarei a janela, sem falar com ele, tentando digerir tudo aquilo.

O percurso não foi longo; eu não me lembrava das ruas nem dos sinais em que com certeza paramos. O carro de Thanatos parou lá na frente, nenhum de nós disse nada. Ficou óbvio que eu estava perturbada com as notícias. Eu ia morrer mesmo. Havia chances demais contra mim.

— Obrigada pela carona — falei, e saí, olhando-o uma vez mais. Uma expressão de dor rastejou pelo seu rosto quando meus olhos se afastaram, e me senti um pouco mal. Mas eu precisava de mais uma meia hora para aceitar tudo isso.

No meu quarto, joguei a bolsa na cama e fechei a porta com um pouco de força... desejando que não tivesse feito isso. Mas quanto mais pensava no assunto, com mais raiva ficava. Por que eu? Já não passei por coisa demais? Eu queria gritar, berrar, chorar, xingar; mas não havia ninguém com quem fazer isso.

Um segundo depois, minha mãe entrou sem bater.

— Ei — falou ela, vindo até mim. Eu estava com a cara para a cama, com o travesseiro cobrindo a cabeça, apertando-o ao redor das orelhas. Eu a espiei entre a abertura.

— Você está bem? — Ela fez uma pausa. — O que houve?

Eu me virei e gritei no travesseiro.

— Não! — Minhas palavras foram abafadas, e eu o afastei e o abracei junto ao peito, precisando de algo a que agarrar.

Ela se sentou na cama ao meu lado e sorriu de modo gentil, que me dava quando nada fazia sentido para mim e que fazia completo sentido para ela.

— Meu bem. Gostar de alguém pode causar isso. Às vezes, é como você sabe que gosta da pessoa de verdade. As emoções são engraçadas. — Ela dá um tapinha na minha perna. — Tenho certeza de que não é tão ruim quanto você pensa. Agora me conte o que aconteceu.

Ela não fazia ideia do que estava me incomodando.

— Só quero ficar sozinha. Tudo bem?

Ela assentiu com um sorriso carinhoso.

— É claro, meu amor. Mas, se quiser conversar, estou aqui. — Ela esperou por mais um segundo antes de ir embora.

A porta fechou com um estalo, e tirei o vestido e joguei o tecido amarrotado no canto. Thanatos estava certo; ele não era para mim. Eu odiava vestidos, odiava maquiagem, e odiava tocar os meus olhos quando punha as lentes. Por que fiz isso? Minha mãe comprou o vestido, então não é como se fosse tudo eu, mas dançar e me arrumar como se tudo estivesse bem era a minha forma de negar o que estava acontecendo.

Não desde que vi um ser humano morrendo naquela noite.

Peguei meu telefone e enviei mensagem para Thanatos me pegar de manhã.

Uma sensação repentina e horrorosa me acordou. Meu pai chamava de tremores hipnóticos e eram inofensivos, só que não foi o caso do de agora. Comecei a pensar nas trancas da casa, temendo pela minha segurança, pela segurança da minha família. Presumi que meus pais sempre trancavam antes de irmos dormir, mas eles não sabiam dos perigos anormais rondando lá fora.

Virei de lado, e vi o luar luminoso brilhar através das minhas cortinas como um farol, me assegurando de que, se eu não fosse dormir, estaria mais cansada de manhã... e não em posse de toda a minha força, como seria o ideal.

Ainda assim, o pensamento de ser sequestrada, esquartejada e empacotada me fez me sentar erguida.

Chutei as cobertas para longe. Verifiquei as trancas da casa, para poder voltar a dormir. O luar lançava luz suficiente para eu não precisar da lanterna do telefone.

Lá embaixo, verifiquei a porta da frente primeiro; trancada. Então fui até a cozinha.

Ao passar pela sala, parei quando um objeto escuro no canto me fez pensar que tinha visto uma pessoa. Quando voltei a respirar, descobri que o culpado era um enorme vaso idiota com uma mala encostada perto dele.

É isso. Hora de ir dormir. Fui em direção às escadas.

Uma respiração longa e profunda veio das sombras.

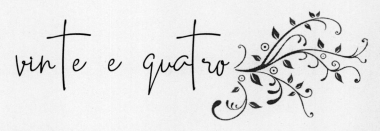

vinte e quatro

O som veio da sala.

— Thanatos? — sussurrei, aflita... com uma sensação que já era familiar demais à essa altura. Como era possível meu coração suportar esses milhares de choques?

Ninguém respondeu.

A respiração voltou a vibrar o ar.

Esquadrinhei a mesinha do corredor e peguei uma placa de madeira com nosso sobrenome pintado nela. O objeto era longo e robusto feito um taco achatado.

Cerrei o punho ao redor das bordas de madeira e dei um passo para o sofá, esperando não encontrar ninguém escondido do outro lado. Fiquei na ponta dos pés para poder ver melhor e me aproximei um passo.

Atônita, e aliviada, vi tio Shawn dormindo lá; a fonte da respiração. Segurei o peito e esperei o sangue voltar para as extremidades do meu corpo.

Ele tinha voltado da festa com os meus pais? Talvez não tenha conseguido um hotel. Acho que ele estava falando sério sobre querer nos ver com mais frequência. Examinei o cômodo, procurando por Elena, mas não a encontrei.

O aroma emanando de sua boca parecia comida passada. Eca. Cobri o nariz e voltei para o quarto na ponta dos pés. Um sorriso se arrastou pelo meu rosto; fiquei feliz por ele finalmente ter decidido ficar e passar tempo com a família. Além do que, era legal ter outra pessoa em casa; passava mais segurança.

Minha boca seca clamava por um copo de água. Fui gingando feito um zumbi até o armário ao lado do fogão.

Os canos velhos e sinistros debaixo da pia gemeram alto quando liguei a torneira. Eu precisava ter cuidado para não deixar aberta mais que uns poucos segundos. A última coisa que eu queria era acordar os meus pais. Visualizei a pergunta que minha mãe faria se me encontrasse acordada no meio da noite: *O que foi, querida? Me conte de Thanatos. Você está bem?* Aff.

Eu me recostei ao balcão e bebi a água, que desceu suave pela minha garganta seca. O melodrama da minha vida não amorosa de adolescente era engraçado quando comparado à escolha que eu teria que fazer dali a três dias.

Voltei a subir as escadas, me sentindo um pouco melhor, bem o bastante para dormir.

Duas horas depois, a sensação de ter alguém no meu quarto me acordou. Sentei-me erguida na mesma hora, batendo a cabeça na de Thanatos.

— Ai! — Levei a mão à testa, e ele colocou uma mão enluvada sobre a minha boca e a tirou na mesma hora. Com um dedo sobre os lábios, fez sinal para eu ficar quieta.

Recuei no momento que percebi que sua mão esteve na minha boca, sua mão sem luva sobre a minha boca. E não me causou dor.

— Thanatos!

— Mia, você vai acordar a casa toda.

Balancei a cabeça, dispensando sua preocupação, e abaixei a voz.

— Para início de conversa, sua mão tem gosto de metal. — Cobri o nariz. — Nossa, que cheiro horroroso é esse?

— Ah. — Ele levou a camisa ao nariz. — Pulei em uma lixeira no fim da rua.

— Como assim? — Acendi o abajur. Sangue pingava de um corte em seu lábio, como se ele tivesse se metido em uma briga.

— O que aconteceu com você? — Ergui o seu queixo e movi seu rosto para ver se havia mais marcas.

Ele sorriu.

— Você deveria ver o outro cara?

— Jura? Vai fazer piada?

Ele ergueu os ombros.

— E como foi que você entrou aqui?

Ele apontou para a minha janela. Nem passou pela minha cabeça verificar se estava trancada quando acordei mais cedo.

— Peguei alguém se esgueirando ao redor da casa.

Soltei o seu queixo.

— O quê? — perguntei, alarmada.

Ele riu.

— Não esquenta. O cara ficou pior que eu. — Eu não conseguia imaginar onde ele via graça naquilo.

O alívio tomou o meu peito.

— Fico feliz por você estar bem. — Sorri. A catinga, um misto de lixo e suor, persistia. — Primeiro, vá tomar um banho. Por favor. — Fiz sinal para o meu banheiro. Era o mínimo que eu podia oferecer... depois de ele me salvar de novo.

Thanatos hesitou na minha cama por um segundo, como se quisesse dizer algo, mas então se levantou e foi para o banheiro.

A porta ficou entreaberta enquanto ele se despia.

Meu olhar se demorou na metade superior do seu corpo refletida no espelho.

Olhei para longe, tentando me convencer de que agora não era hora de dar rédeas soltas para o que havia entre nós. Mas quanto mais eu tentava me convencer, mais ele se despia e mais meus pensamentos nele ficavam insuportáveis. *Feche a porta!*

Por que o toque dele não machucou? O que aconteceria se ele me tocasse agora?

Eu me concentrei na abertura escurecida da porta, e repeti comigo mesma: "Não. Não mesmo, Mia." Minha cabeça era um turbilhão. Há cinco minutos, eu estava tentando dormir. E agora... pensar nele me deixava aflita e excitada, era como aguardar na fila de uma montanha-russa assustadora. Mordi o dedo, olhei ao redor do quarto, me concentrando em qualquer coisa que não na porta do banheiro.

Peguei as minhas facas e as desenrolei.

Eu me arrependeria. Não. Acho que não. Assim, qualquer coisa além de beijos era meio que importante. Tipo importante demais. Mas, bem, eu ia morrer.

Voltei a guardar as facas.

Meus olhos se desviaram para a abertura iluminada.

Ao meu lado, paredes escuras estavam preenchidas por cantos sombrios e pelo desconhecido. Todos os meus livros. Meu computador. Minha cama. Nada disso seria necessário em breve. Na semana que vem, meu quarto estaria vazio. Será que minhas roupas passariam meses no closet, congeladas no tempo depois que eu me fosse?

No espelho do banheiro, as bordas escuras de algo parecido com uma tatuagem adornavam o lado esquerdo do peito dele; o dragão castanho-avermelhado era do tamanho de sua mão. Qual seria o significado? Eu mal me lembrava das pontas dela aparecendo por debaixo do seu colarinho lá no corredor no primeiro dia de aula.

Com o coração acelerado, agarrei o edredom com força, me segurando ali apenas pela pura força de vontade. Nunca senti isso por ninguém. *Seria amor?* Como eu poderia saber? Um tremular no peito, o calor nas bochechas. Pisquei para afastar a vertigem por estar respirando rápido demais.

Nunca beijei ninguém além Daquele Lá, e de Thanatos. Toquei os lábios, sentindo o lugar onde sua boca havia agraciado a minha lá perto da árvore. Os mesmos lábios em que ele havia soprado vida ao me salvar do afogamento.

Como era possível eu amá-lo se ele estava prestes a... me matar?

O registro abriu e Thanatos entrou no chuveiro, sumindo de vista. Os dois minutos que levou para ele se despir e entrar no banho foram uma batalha. Não dava mais. Eu precisava ter aquele garoto. Meus pensamentos irracionais estavam entrelaçados com outros mais responsáveis. *O que eu faço?* Parte de mim queria fechar os olhos, fingir que ele não estava ali. A outra queria que eu ultrapassasse limites que nunca ultrapassei antes, que vivesse ao máximo o que me restava da vida. Não era um cara qualquer ali. Era Thanatos.

Meu fôlego ficou mais errático.

Eu o queria. Mas também precisava que mantivéssemos a cabeça fresca, não que ficássemos atolados com pensamentos confusos.

Ignorar minha atração por ele seria como entorpecer um pedaço da minha alma. Sem ele, eu já teria morrido. Várias vezes. Aquilo significava algo para mim. *Ele* significava algo para mim.

A mera noção de manter a compostura murchou. Meu foco colou no pouco de luz se infiltrando pela abertura da porta. Não consegui evitar.

Cada passo adiante enviava arrepios elétricos pelo meu corpo, e também arrepios deliciosos. Arrepios que me faziam sentir viva de um jeito que me permitia me esquecer da minha morte iminente. Meus braços formigavam de expectativa quando pressionei a palma nas ranhuras da madeira, abrindo-a o suficiente para eu passar.

No momento que meus pés tocaram o chão frio, toda preocupação quanto à minha aparência dissipou com a mesma facilidade do vapor.

A névoa do chuveiro se erguia para o teto.

Fechei a porta. *Tenho três dias. Se a minha vida vai acabar, isso é tudo que vou ter.*

Pingos de água batiam na banheira de porcelana.

Tranquei a porta e tirei a blusa. Ser agressiva era novidade para mim, mas caiu bem.

Deixei-o saber que eu estava ali e apaguei as luzes. O luar amarelado se derramava pela janela.

— Mia?

Cada movimento que fiz foi no piloto automático, não que eu tivesse controle a cada passo. Meus dedos formigantes puxaram a cortina do chuveiro enquanto os dedos do pé tocaram a água quente.

À luz fraca, minha pela pulsava por toda a parte.

Não questionei seu anseio por mim, mas meus olhos hesitaram antes de olhar para ele. Então seu olhar encontrou o meu, ergui meu outro pé e terminei de entrar. Mesmo à meia-luz, observei suas pupilas dilatarem de desejo. Se as pintinhas douradas nos olhos dele contivessem calor, o chuveiro teria incendiado.

Eu me movi em direção ao seu torso e me aproximei um pouco.

Suas mãos tremiam ao encontrarem as minhas, e no segundo que ele percebeu que não senti agonia com o seu toque, toda a hesitação foi embora com a água escorrendo pelo ralo. Nunca me senti tão próxima dele.

Seus dedos roçaram meus braços de levinho e seguiram pelas minhas costas. Se ele fosse um pincel, eu seria a tela sob cada pincelada.

De repente, seus braços caíram para os lados e seu pescoço ficou tenso.

— Não posso. Não podemos.

Dei um passo escorregadio para trás.

— Como assim? — Por que ele disse isso? Por um breve momento, repensei minhas ações.

— E se eu te machucar? — perguntou ele.

Voltei a olhar para cima e tapei a sua boca. Eu não era tão frágil quanto ele pensava.

— Pare de falar. — Com mais segurança na voz, acrescentei: — Me beija.

Seus olhos vidraram, o fôlego acelerou.

Devagar, ele ergueu a mão direita e tirou a minha de sua boca. Com cuidado, Thanatos a beijou na palma e a virou para beijar as costas. Abrindo uma trilha com os lábios pelo meu pulso, ele aconchegou o nariz no meu pescoço e afagou meu queixo.

Em seguida, se afastou e me olhou nos olhos. Se tinha algo de que eu estava certa depois de tudo o que aconteceu esses dias, era desse momento.

Com meus braços cruzados atrás de sua cabeça, eu o beijei. Ele tinha gosto de menta e cheirava a shampoo cítrico.

Estávamos completa e profundamente à mercê um do outro. Parecia que minha alma sairia do corpo como lava e se fundiria à dele.

vinte e cinco

— Você não vai morrer. — Mesmo ele não pareceu muito seguro ao dizer.

Decidida, peguei a sua mão, sua mão quente e sem luva, entre os assentos depois que ele desligou a ignição.

— Não tem como você saber. — As lembranças de sábado à noite estariam gravadas para sempre na minha memória. Um brilho surgiu em seus olhos, de esperança, não de desespero.

A pomada que ele passou no corte do lábio chamou a atenção quando se virou, não querendo mais falar daquilo. A casa lá fora era uma velha conhecida minha. As roseiras gigantes alinhavam a calçada, e a sálvia-azul se reunia debaixo da varanda caiada.

Era a casa dos pais de Julie.

— Pronta? — perguntou ele.

— Pronta... — Eu não conseguia afastar o olhar da varanda. Quantas vezes eu não tinha visto o Sr. e a Sra. Blevosa ou trabalhando nos canteiros ou se balançando nas cadeiras? Meu coração acelerou e as palmas da minha mão começaram a suar. Eu tinha dito a ele que queria ajudar, que faria tudo o que pudesse. Mas, agora, aqui diante da casa deles, eu não tinha tanta certeza. Não falava com os pais dela desde que voltei. Só os observava de longe.

— Thanatos. Por que estamos conseguindo nos tocar? — Passei a aula inteira pensando naquilo, mas não consegui chegar a nenhuma conclusão.

Seu rosto se virou para mim.

— Eu não sei bem. — Ele mordeu o lábio. — As únicas duas lâminas que conheci foram as que minhas irmãs mataram. Assim que meu pai descobriu quem era o menino e a menina, Keres e Kir não tiveram permissão para chegar perto deles até que... até que fosse a hora de eles morrerem. — Thanatos estremeceu. — É novidade para mim. Essa conexão entre nós deve ter algo a ver com isso.

Refleti sobre aquilo. Do que mais ele não sabia?

— Vamos bater na porta — disse ele.

Na mesma hora, toda a minha ansiedade foi à tona e eu larguei a sua mão.

— Não. Não. Não. Não — gaguejei. — Acho que não consigo.

— Tudo bem, mas vai ser estranho se você ficar no carro.
— Como assim? — vociferei.
— Preciso falar com eles, sondar umas coisas. Descobrir o que eles acham de você. Pode ficar no carro ou vir comigo.

Essa última proposta me fez pensar sério, repassar tudo o que circulou pela minha cabeça na noite anterior. Eu precisava fazer parte disso.

Se tudo piorasse...

— Partindo do princípio de que você está certo sobre eles, o que eu acho que não está, não quero que os mate. Prometa que não fará isso.

Thanatos pressionou os lábios com força e olhou para o lado.
— Prometa.

Então ele fitou dentro dos meus olhos.
— Tudo bem. — Não foi fácil dizer aquilo, e eu sabia. Mas também sabia que eles tinham mais chances de sobreviver se eu entrasse com ele. Se Thanatos desconfiasse que os dois eram os responsáveis pela encomenda, não pensaria duas vezes antes de acabar com tudo aquilo sem eu ao seu lado para detê-lo... se eu pudesse.

Um longo caminho de pedrinhas levava da rua até a frente da casa. Respirei fundo.

— Tudo bem — murmurei.

Ele soltou a minha mão e bateu duas vezes. Minutos depois, a porta se abriu.

Assim que a Sra. Blevosa me viu, a porta se abriu por completo, e um sorriso suave se espalhou por seu rosto. O marido ficou atrás dela, usando um colete de lã, fazendo careta com os olhos despidos de emoção.

— Mia! — Ela não prestou muita atenção a Thanatos. — Por favor, entre — me convidou ela, apontando para dentro com a testa.

Cocei a bochecha, passei por Thanatos e pisei no chão acarpetado primeiro. Os ombros do garoto estavam rígidos, e a postura, resguardada.

Na mesma hora, a mãe de Julie me envolveu em um abraço. Uma lágrima silenciosa escorreu por sua bochecha.

Ela se virou de lado ao secar a umidade dos olhos e apontou para a sala.

— Aceita um chá, meu bem? — A voz dela me lembrava a da minha mãe, suave, com um tom melódico sob as palavras.

Eu não tinha certeza de como reagir à bondade dela. Sorri e assenti ligeiramente.

— Claro. — Segui para a direita, para onde ela apontava, um pouco cautelosa e mais alerta. Meus olhos olharam ao redor com nervosismo.

Os braços de Thanatos estavam rígidos nas laterais do corpo, as mãos sem luvas cerradas em punhos, já a postos.

A Sra. Blevosa se virou para ele.

— E você, meu bem? — perguntou ela, enfim reconhecendo sua presença. Ele balançou a cabeça uma vez, fazendo que não.

Com um leve assentir, ela sumiu no corredor.

Eu me sentei. A sala não tinha televisão, a área formal passava a sensação de antiguidade. O silêncio tomou o ar.

O Sr. Blevosa permaneceu de lado, me observando de longe. Suas narinas dilataram quando ele cruzou os braços. Tive a clara impressão de que o homem não estava bem com a nossa presença.

A Sra. Blevosa voltou com a bandeja, quatro xicarazinhas de chá e uma chaleira verde no meio. Era estranho ela estar nos servindo. Muita coisa nessa visita era errada.

Parte de mim queria disparar para a porta, entrelacei as mãos e cruzei os tornozelos para impedir que meus pés tremessem.

Thanatos se afundou no sofá ao meu lado, encarando o marido.

A Sra. Blevosa pegou o bule e serviu um pouco do líquido avermelhado em cada xícara.

— Aqui, Mia. — Ouvir meu nome sair de seus lábios me assustou por um segundo, minha mão congelou antes de pegar a xícara minúscula. Tentei disfarçar o tremor nos dedos.

Antes que eu tivesse a chance de dar um gole, antes que a Sra. Blevosa se sentasse na poltrona floral, Thanatos marchou pela sala pequena, reduzindo a distância entre ele e o pai de Julie. Uma veia pulsava em seu pescoço. A acusação irrompeu de seus lábios:

— Vocês querem que a Mia morra? — Suas palavras interromperam a calmaria feito a parte afiada de uma foice. De olhos arregalados, a Sra. Blevosa faltou pouco desmoronar no assento.

Aparentemente surpresa, ela olhou para o marido, cujos braços tinham caído para as laterais do corpo. O suor brilhava na testa dele. Meus olhos foram de um para o outro, e busquei uma forma de salvar a situação. Eu queria ir embora, mas também queria ficar. Queria respostas que só eles poderiam me dar.

— Responda — rosnou Thanatos, entre dentes cerrados.

Chocada, cuspi um pouquinho do chá e me levantei.

— Não deem ouvidos. — Estendi a mão para segurar o braço dele, e acabei batendo a canela na beirada da mesa. Minha mão esquerda abanou, dedos esticados, mas não consegui alcançá-lo. — Ele tomou um monte de energético hoje. — Um sorriso falso se espalhou pelo meu rosto. Meu coração estava acelerado, ameaçando saltar do meu peito. Se um estranho entrasse na minha casa, agindo da forma irracional como ele estava agora, meus pais chamariam a polícia.

— Qual é o seu nome, garoto? — inquiriu o Sr. Blevosa, com a voz séria, não achando graça nenhuma.

Abaixei o braço.

Com a mão no colarinho, a Sra. Blevosa abriu e fechou a boca. Então ela relaxou, se inclinou para frente, tirou a bandeja da mesa e ofereceu uma xícara ao marido.

— Thanatos — respondeu, alto e claro.

O Sr. Blevosa cruzou os braços ao balançar a cabeça para a esposa, que voltou a se sentar.

— Não. Não queremos machucar a Mia. Por que faríamos algo assim? — perguntou ele, com a testa enrugada.

Um olhar de pavor varreu a expressão da Sra. Blevosa.

— Por que vocês pensariam isso? — questionou ela.

Thanatos não respondeu. Ele estava a um salto de alcançar os dois. Uma quietude constrita permeava o ambiente. O silêncio prolongado envolveu o cômodo, e os pais de Julie trocaram caretas confusas, a dele era um pouco mais amargurada.

Por fim, depois de alguns minutos se passarem, ela olhou direto para mim.

— Me deixa te mostrar uma coisa — disse ela, com um pouco de tristeza. — Estivemos esperando por você. É claro que pensamos que você já teria nos visitado a essa altura.

Eles estavam esperando por mim?

— Thanatos — murmurei baixinho. — Senta.

O que havia de errado com ele? O garoto nunca tinha perdido a compostura. Entre nós dois, era ele que sempre mantinha o controle.

Eu a segui com o olhar enquanto ela passava atrás de mim, atrás do sofá, e seguia até uma escrivaninha que ia até a altura da cintura. Coloquei minha xícara na mesinha antes de ir com ela. Thanatos não se virou, continuou encarando o Sr. Blevosa com as mãos abertas do lado do corpo: armado e a postos.

Perto das janelas panorâmicas, a escrivaninha ficava ao lado de um sofá verde-oliva superestofado. A luz abafada do sol se lançava através dos vidros e refletia nas bugigangas arrumadas com cuidado na prateleira de cima. Um altar para Julie. O nome dela estava escrito em blocos de madeira no meio debaixo de uma foto sua, uma mecha castanho-avermelhada de seu cabelo envolvido em um laço rosa. O primeiro corte de cabelo?

Essa não era uma família que acreditava que a filha voltaria para casa.

— Como souberam? — perguntei a ela, minha voz mal passava de um suspiro.

Entendendo ao que eu me referia, sua resposta fez meu peito se apertar.

— Uma mãe simplesmente sabe.

Eles não me queriam morta. O Sr. Blevosa não parecia feliz por estarmos ali, mas não havia raiva na voz da mulher, nenhum ressentimento, nenhum vestígio de vingança.

Aos poucos, ergui o rosto para os olhos úmidos dela. Tinha a sensação de que os dois não machucariam ninguém, a não ser talvez os verdadeiros responsáveis pelo sumiço da filha. Que, por acaso, eram aparentados com o rapaz enrijecido no meio da sala.

— A gente não culpa você — disse o pai, por fim. Suas palavras eram ásperas e secas. Sua voz não ecoava a força da voz da mãe, mas soaram sinceras. A culpa que senti todo esse tempo se dissipou como orvalho sob o sol quente. Meus ombros caíram. Eu ainda me culpava, mas saber que eles não me dava mais alívio do que eu merecia.

Meus olhos marejaram e meu nariz coçou. Eu não conseguia mais prender as lágrimas. Até esse momento, nem sabia que elas estavam lá.

Thanatos colocou a mão nas minhas costas enquanto eu chorava. Por Julie, por mim mesma, por ele e por essa família.

Sequei as bochechas com as costas da mão e me endireitei.

Todos esses anos, vendo-os lá na varanda, e eles não estavam esperando pelo retorno dela. Só estavam tentando seguir em frente. Eu havia tecido o lamentável conto de eles me culparem, presumindo que sentiam o mesmo que eu.

A Sra. Blevosa me puxou para seus braços macios e me envolveu pelos ombros.

— Vocês eram só crianças. Nada disso foi culpa sua, nem de Julie.

Ela estava errada nesse ponto. Pode não ter sido culpa minha, mas a única razão para Julie ter sido levada foi porque estava comigo naquele dia.

Thanatos enfiou as mãos nos bolsos, e saímos de lá para a chuva fraca. Ele me acompanhou até em casa.

— Não vai entrar? — perguntei, e o carro foi reduzindo enquanto ele destrancava as portas.

— Você os ouviu. Se não são eles os responsáveis, outra pessoa tem que ser.

— Alguma ideia? — sondei, sabendo que eu não tinha nenhuma, mas queria. Talvez se desejasse com afinco, uma trilha de migalhas apareceria como em um passe de mágica.

Ele balançou a cabeça, evitando fazer contato visual.

— Nenhuma. Vou para casa, tentar descobrir alguma coisa... qualquer coisa.

— Você está bem? — Talvez eu não devesse ter perguntado. É claro que não estava.

Tamborilando a marcha, ele assentiu.

Os dedos dos meus pés se curvaram em angústia.

— Certo. — Desci do carro.

O último lugar em que eu queria estar era na casa dele, e duvidava que ele quisesse que eu fosse junto; essa era a opção que nem mesmo eu consideraria sensata. Ficar longe da casa dele era a única forma viável que eu tinha de ficar o mais distante possível daquele ceifador psicótico banido que devia sonhar com a minha morte desde que me viu pela primeira vez há nove anos.

Quando destranquei a porta e entrei, minha mãe veio correndo em minha direção. Seu cabelo estava molhado, grudado à testa; a voz rouca devido às lágrimas escorrendo por suas bochechas. Seu rosto estava pálido, o nariz inchado escorrendo ranho em direção à boca. Com os olhos arregalados, ela agarrou os meus ombros.

— Ele se se foi. — A voz dela ficou embargada, e as palavras atropeladas não faziam sentido.

Ela abaixou as mãos e seus olhos estavam vidrados.

— Mãe! — falei, alto. — Do que você está falando? — Ela apontou para a cozinha e corri até lá para descobrir o que estava acontecendo. Meu pai estava à mesa, ao telefone. Ouvi suas palavras turbulentas.

— Há uma hora...

Pausa.

— Não, não! Não é isso. Ele não faria isso.

Pausa.

— Por favor! Você não entende — insistiu meu pai ao telefone.

Pausa.

— Tudo bem. Sim. Eu entendo. — Então ele desligou. Seu rosto estava mais pálido que o da minha mãe. Os olhos fixos nos meus. Sem dizer nada, eu sabia que algo terrível havia acontecido.

— Pai? — murmurei.

— Bennie sumiu.

Soltei o fôlego, o cômodo girou.

— Como assim sumiu?

— Ele estava lá fora enquanto sua mãe trazia as compras, um segundo depois, havia sumido. Nós o procuramos pela rua toda. Ninguém viu nada. Mas a polícia não acredita na gente, dizem que ele só deve ter fugido, que vai voltar logo.

Ben não era fujão. Nunca foi. A hora se aproximava; devia ser obra do Sr. Sperren. Olhando uma última vez para o meu pai, passei pelo corredor e pela minha mãe e subi as escadas.

Lutei para pegar meu telefone para ligar para Thanatos. Ele não devia estar muito longe. Uma luz surgiu, avisando de uma mensagem:

> Eu te disse para parar de procurar.

Thanatos virou a direita em um condomínio. Uma placa de madeira com letras curvas e azuis dizia: Travessia Northpoint.

— Por que estamos aqui? — perguntei a ele.

— Eu tenho uma casa — respondeu, reticente.

Eu não conseguia mais ficar na minha, pois estava ciente da minha responsabilidade naquilo.

Balancei a cabeça enquanto ele estacionava debaixo de uma vaga coberta por telhas de alumínio.

— Espera. Você o quê? Mora aqui? — perguntei, embasbacada.

— Mais ou menos; na verdade, não muito. É alugada, precisava de uma casa mais perto da escola na época.

Por alguma razão, pensei que ele ia e voltava de Houston, já que nunca mencionou que morava por perto.

Um pouquinho irritada por causa da falta de comunicação, embora muito mais preocupada com o meu irmão, pisei duro ao subir as escadas atrás dele, e fiquei de lado enquanto ele deslizava a chave em uma porta azul da mesma cor da placa.

Assim que ela se abriu, eu o empurrei para o lado e entrei em um apartamento tipo estúdio muito bem mobiliando, com pé-direito de seis metros de altura e uma claraboia no meio.

— Só um mês? — perguntei, cheia de sarcasmo.

Passei os dedos pelas paredes ao esquadrinhar a mobília de muito bom gosto para um cara que usava blusa de flanela. Uma prateleira de temperos com dezenas de garrafas estava sobre o balcão ao lado de um fogão reluzente. A televisão no canto da parede estava acumulando pó. As partículas de poeira sob a tela atravessando a luz natural pareciam estrelas minúsculas brilhando à luz do dia.

— Veio com o lugar — murmurou, com a voz completamente distante. Ele abriu a geladeira e pegou uma garrafa de água. — Aceita?

Balancei a cabeça.

— Não vim aqui beber água.

Meu coração estava na garganta, e minhas mãos tremiam descontroladamente nos bolsos.

Um rompante de raiva escapou dos meus lábios:

— Você sabia que isso aconteceria? — Eu o culpava, lá no fundo, eu o culpava. — Está óbvio que você tem os seus segredos. Esse é um deles? — O dedo em riste foi causado pelo temor, temor que dava cambalhotas impulsionado pelo pânico.

Eu estava aterrorizada pelo Bennie.

Arquejei e caí em um pranto desprovido de oxigênio.

— O que eu devo fazer? — Uma imagem de Ben trancado em uma jaula porque eu não parei de procurar era demais para aguentar. Era culpa minha.

Desabei no chão.

— Primeiro — disse ele, com calma, ao pegar a minha mão. — Não conte aos seus pais.

Disso eu sabia, e jamais sonharia contar.

— Quanto menos gente metida nessa, melhor. A gente vai recuperar o garoto. — A expressão tranquila no rosto dele ajudou... um pouco.

Meu coração batia nos ouvidos enquanto esperávamos por mais mensagens lá no apartamento; as irmãs dele não atendiam o telefone.

Passamos uma hora esperando uma delas ligar, e não consegui aguentar mais.

— A gente precisa ir para a sua casa. — Eu me levantei do sofá. — Sua outra casa.

Thanatos fez sinal para eu voltar a sentar.

— Mia, eu conheço a minha família. Eles o estão mantendo como refém para assegurar que você cumpra sua parte no acordo. Não vão fazer mal a ele. Não agora. Do contrário, perderiam vantagem.

— E o que a gente faz, então? Age como se nada estivesse acontecendo, seguimos a vida? Fingimos que está tudo bem? — Raiva e tristeza se acumularam dentro de mim, ameaçando derramar em uma enchente de lágrimas. Ou violência. Flexionei meus dedos doloridos.

Eu precisava bater em alguma coisa.

— Não. Em primeiro lugar, seguimos o plano inicial. Vamos encontrar quem fez a encomenda. Eles já levaram o garoto; não vão matá-lo.

— Tem certeza? — Um milhão de razões para isso circularam minha mente.

Ele balançou a cabeça e colocou a mão na minha perna.

— Absoluta.

Relutante, permiti que Thanatos me levasse para casa; uma parte de mim queria passar o máximo de tempo possível com a minha família antes de eles me perderem também. Ao chegarmos lá na frente, ver a viatura parada perto da caixa de correio me apertou a garganta. Eu estava nauseada. Abri a porta do passageiro com tudo e corri para vomitar na grama.

Limpei a boca com as costas da mão. A Mercedes branquinha do meu tio estava estacionada a centímetros da garagem.

Acenei para Thanatos ir embora. Ele era a única esperança que eu tinha de encontrar quem fez o pedido, e não tinha tempo de segurar a minha mão.

Quando abri a porta de casa, vozes vieram da cozinha.

Devagar, fui até lá, temendo o que poderia ver, não querendo saber mais, ao mesmo tempo em que queria saber tudo.

Tio Shawn hesitou ao lado da mesa, ouvindo o policial e segurando uma garrafa de água. A mão trêmula dele atingiu o copo da minha mãe enquanto o enchia. Ela colocou uma das mãos em cima, bloqueando a boca com os dedos. Balançou a cabeça ligeiramente, pois não queria mais.

O policial estava à cabeceira da mesa, fazendo anotações que eu não conseguia ver enquanto meu pai falava. Ele esteve chorando. Eu quis abraçá-lo e dizer que tudo ficaria bem. Mas não poderia mentir na cara dura.

O policial coçou a lateral do queixo, sem largar a caneta que segurava. Então repetiu as anotações para os meus pais com uma entonação de quem lia uma lista de compras. Como se não fosse grande coisa.

— Quando visto pela última vez, ele estava usando uma camisa listrada azul e amarela e bermuda cáqui? — perguntou o policial.

Meu pai se afastou e começou a andar para lá e para cá.

— Isso — respondeu a minha mãe.

O cotovelo do policial projetava para fora toda vez que ele parecia verificar um novo tópico.

— Cabelo castanho. — *Sim.* — Olhos castanhos. — *Sim.* — Um pouco mais de um metro e vinte. — *Sim.*

Meu pai parou de andar para lá e para cá e olhou para cima.

— E ele se chama Benjamin William Hieskety, mas atende por Ben. Certifique-se de anotar do jeito certo.

Do outro lado da mesa, tio Shawn arrastou uma cadeira pelo chão, sentou-se ao lado da minha mãe e colocou o braço ao redor do ombro dela.

— Vai ficar tudo bem, Katherine. Eles o encontrarão. Tenho certeza — falou, com uma segurança que eu não tinha.

Ela abriu um sorriso falso.

A forma como meu tio afagava o ombro dela me incomodou; ele estava sentado perto demais.

Ao longo dos anos, eu podia contar nos dedos as vezes que tio Shawn ligou ou veio de visita na época do Natal. Agora, do nada, ele estava aqui. No meio da nossa cozinha comum, sob circunstâncias extraordinárias. Abraçando minha mãe como se eles fossem mais próximos do que realmente eram.

O policial fechou o bloquinho de páginas amarelas e entregou um cartão para o meu pai.

— Caso lembre de alguma coisa, é só ligar. — Ele deu meia-volta sobre os sapatos lustrados do uniforme e se deteve diante de mim. — Oi, Mia. — Inclinou a cabeça e os cantos de sua boca se ergueram um átimo.

Frio escorreu pela minha coluna com a forma como ele proferiu o meu nome, como se eu devesse conhecê-lo, ou ele a mim. Tenho certeza de que não estava imaginando coisas.

Tio Shawn soltou a minha mãe e foi em direção à porta da despensa. Eu virei de lado, deixando o policial passar com espaço de sobra.

Foi quando eu vi a parte de trás dos sapatos lustrosos do meu tio: com um naga minúsculo logo acima da sola.

vinte e seis

Atirei uma faca, errando o alvo por completo. Ela bateu nos veios da porta, marcando o destino impreciso. Uma nova cicatriz a ser preenchida com tinta mais tarde, mas não por mim, pensei.

Minha cabeça latejava e meus ouvidos pulsava com cada batida do meu coração que fazia o sangue correr pelas minhas veias. Eu não conseguia encarar meus pais sabendo que era eu a causa para Bennie ter sido sequestrado. Fiquei no quarto a tarde toda até escurecer. Eu também não queria pensar no que achei ter visto nos sapatos do meu tio.

Fechei os olhos. A ponta dos meus cílios roçou a beirada das minhas bochechas úmidas. Descansei a cabeça na cabeceira da cama e encarei o teto. Será que tio Shawn estava envolvido nisso?

Não podia ser.

Não era possível.

Será?

Se sim, por quê?

Thanatos me mandou mensagem:

> Bennie está bem. Está dormindo em um dos quartos. Quer dizer, ele foi sedado antes de chegar. Não faz ideia de quem o sequestrou. Eles não o machucarão. Prometo.

Ele digitou Bennie em vez de Ben. Um sorriso minúsculo agraciou os meus lábios. Mas eu sabia que Thanatos não podia prometer aquilo; não parecia que as irmãs dele eram controláveis. Eu precisava acreditar que Bennie ficaria bem, do contrário, pegaria o trem e exigiria que me deixassem vê-lo. Mas precisava manter a calma. Precisava do meu último dia mais do que nunca.

Vesti uma camiseta velha e bem larga, desliguei o abajur, inspirei e expirei, inspirei e expirei, sentindo meu peito subir e descer aos poucos. Me concentrar na minha respiração ajudaria a evitar outro ataque de pânico.

Conforme os minutos se passavam, eu me vi encarando o ventilador de teto, completamente desperta. Mas meu fôlego estava sob controle.

Uma hora silenciosa se passou. O vento brando do ventilador soprava meus braços flácidos sobre as cobertas.

No quarto escuro, fiz contas em voz alta:

— Dois mais dois é quatro, quatro mais quatro é oito, oito mais oito é dezesseis, dezesseis mais dezesseis, vinte e dois — e assim fui, até que, por fim, me senti cansada o suficiente para fechar os olhos.

O despertador tocou alto, um som de dar nos nervos. Peguei o telefone, joguei-o no chão e quase caí da cama no processo. Os horrores de ontem inundaram minha memória como um pesadelo.

Era terça-feira... meu último dia completo.

Thanatos não podia ficar comigo para fazer o que eu precisava; nem eu queria.

Espiei através das cortinas da minha janela e vi que a Mercedes do meu tio ainda estava lá na frente; o brilho refletia o sol da manhã como se minúsculos arco-íris de cristal estivessem cravados na pintura. As maçanetas prateadas e o insulfilm escuro das janelas acentuavam a beleza estranha com um frio metálico.

Encarei o telefone e enviei mensagem para Kurt vir me pegar. Então me vesti, peguei meu spray de pimenta e as facas e fechei tudo na minha bolsa. Eu não ia para a escola hoje, nem Kurt.

Saí pela porta sem ninguém perceber.

Quando Kurt chegou, ele perguntou por Bennie.

— Eles pelo menos sabem quem levou o garoto? — A preocupação dele pelo meu irmão apertou o meu coração. Balancei a cabeça.

— Ainda não. — Eles, não; eu, sim.

— Alguém tem que ter visto alguma coisa. Assim, ninguém desaparece do nada. Não em plena luz do dia sem um vizinho ver. — Seus dedos apertaram o volante, as juntas ficaram brancas.

As costas de um menino andando de skate na calçada chamaram a minha atenção, ele era igualzinho ao Bennie com o cabelo castanho bagunçado e a camisa listrada. Espalmei o vidro quando passamos, encarando com olhos arregalados. Minhas costas se empertigaram. Seguimos em frente, e meus ombros afundaram. Não era ele.

— Ele vai voltar logo para casa — torci, em voz alta.

Kurt soltou o volante e apertou a minha mão, seus olhos estavam tão aflitos quanto eu me sentia.

— É claro que vai.

Chegamos à biblioteca.

— Me liga quando estiver pronta — pediu, ao se inclinar. — Trudy não para de me amolar... algo sobre o bracelete dela ter ficado no meu carro. Procurei, mas não está aqui, só que ela não acredita. Não vou demorar. — Assenti e fechei a porta. Eu queria ficar sozinha mesmo, para me concentrar, e ele não insistiu para me acompanhar, pois tinha outro lugar para ir. Havia livros na biblioteca que não estavam disponíveis pela internet, a menos que os comprássemos, então esse era meu último esforço para tentar encontrar tudo o que eu podia.

Pisei no longo tapete abaixo das portas de vidro automáticas que deslizaram abertas.

A biblioteca estava praticamente vazia. A bibliotecária espiou por sobre uma pilha de livros e me olhou feio lá no balcão, por cima da armação dos óculos. Sorri e assenti com o máximo de educação possível; ter uma bibliotecária enxerida fungando no meu cangote só me deixaria mais nervosa.

Eu só queria fazer uma coisa, uma necessária para me precaver: descobrir mais sobre os ceifadores.

Fui em linha reta até os computadores alinhados sobre as mesas no meio da biblioteca e fiz uma busca nos catálogos eletrônicos. Meu dedo passou pelos títulos que talvez tivessem alguma informação. Busquei por palavras-chave: vida após a morte, ceifador, anjo da morte, anjos da morte, anjos, demônios, morte; esperando que uma dessas palavras estivesse em algum título.

Havia alguns. Escrevi o nome dos autores, depois fui até as estantes. Segurei com força o papel na mão, e minhas unhas afundaram nas palmas. Eu me sentia como se estivesse sendo observada.

Virei-me, tentando ver se conseguia flagrar a pessoa que estava me olhando. Um barulho estridente soou, e dei um salto.

Um funcionário me olhou cheio de suspeita, empurrando um carrinho que precisava muito de um pouco de lubrificante nas rodas.

Fechei os olhos e respirei fundo.

Não levou muito tempo para chegar à seção de não ficção; eu conseguiria encontrá-la de olhos fechados, já que passei muitas horas aqui enquanto crescia.

Depois de duas tentativas furadas com dois livros que fugiam completamente do assunto, cheguei às fileiras úteis. A ponta do meu dedo passou por uma série de lombadas grandes e pequenas, lisas e duras até que encontrei uma verde com o nome *Wolff, Jengr* gravado em dourado.

Olhei de um lado para o outro, me certificando de não ter sido seguida nem por Keres nem por Kir, e peguei o volume. Eu tinha um bom pressentimento com esse: *Anjos e demônios entre nós*. Inclinei a cópia grossa na minha direção, livros de ambos os lados tombaram no espaço vazio que ficou lá.

As páginas grossas e de cor creme envelheciam a edição, mas, no todo, não parecia ser aberta há anos. Um leve perfume flutuou de lá quando abri a capa dura.

De acordo com a descrição, Jengr Wolff contabilizou demônios e anjos, e ceifadores, de várias culturas ao redor do mundo, analisando a mitologia e a compreensão que tinham da morte. Só uma pequena parte foi dedicada aos ceifadores, que era só um dos termos usados, havia outros como: Anjo da Morte, O Encapuzado, Destruidor, O Sombrio, Shinigami, Dona Morte...

Passei os olhos pelo texto, tentando ler o mais rápido possível. Na maior parte, as informações só confirmavam o que encontrei na internet: ceifadores não eram nem anjos nem demônios. Eram seres que guiavam os espíritos para o além; não eram descritos nem como bons nem como maus. Mas como resultado da conexão que as criaturas místicas tinham com a morte, as pessoas creditavam uma aparência fatal para ele, ela ou elu.

No entanto, havia algo ali que não encontrei em nenhum outro lugar; vindo da mitologia grega. Apertei o livro com mais força. Os nomes: Thanatos... e Keres e Kir. De acordo com a mitologia, as irmãs representavam a morte brutal e violenta.

Segurei o livro com menos força e passei os olhos pela página. Não havia nada ruim associado a Thanatos no texto, mas não era o caso com Keres e Kir.

Na página seguinte, li algo que fez meus dedos se apertarem mais ainda.

Respirei fundo. Outro mito contava que Thanatos era a personificação demoníaca e implacável da morte.

Qual passagem era mais verdadeira? O Thanatos que eu conhecia era uma versão mais gentil ou mais cruel? Ou os mitos eram apenas isto: nada com base na realidade.

— É só um mito — repeti em voz alta. Mas não foi por isso que eu vim aqui? Há uma semana, eu não sabia que ceifadores existiam. Parte do que estava lendo tinha que ser verdade.

Será que o Sr. Sperren sabia desses nomes quando batizou os filhos? Ninguém inventava nomes assim do nada: Thanatos, Keres e Kir. Será que a especificidade e origem dos nomes tinha alguma semelhança com o dono? Seriam Keres e Kir más como o pai, não só por causa da criação incomum, mas porque lá no fundo da *alma* delas as meninas haviam sido marcadas para serem assim desde que nasceram... por causa do nome?

E se fosse verdade, seria Thanatos inerentemente bom ou mau? Por que ele era tomado pelo instinto de matar as pessoas sempre que as tocava?

Minha mente deu voltas com a nova informação, e saltei quando uma criança esbarrou em mim. Ele correu até o corredor e então virou à direita.

Sem desperdiçar nem um segundo, fechei o tomo e o coloquei entre a pequena fenda de livros caídos.

Depois de mais uma hora de pesquisa na internet, descobri muito pouca coisa sobre o Sr. Sperren. Não descobri como matá-lo. Thanatos falou que o pai era basicamente humano, mas se fosse fácil assim, ele já não teria conseguido?

O Sr. Sperren era muito forte e muito rápido, e de alguma forma sabia das coisas antes de elas acontecerem. Pensei na primeira vez que o vi, e que Thanatos havia atirado uma faca em seu pescoço; o homem a pegou com facilidade, sem nem pestanejar.

Verifiquei meu telefone. Nenhuma mensagem de Thanatos.

Era meio-dia, e o sol mal passavam pelas persianas; nuvens cinzentas sufocavam a luz como dedos beliscando uma chama. Refleti sobre minhas descobertas e fui para o corredor; a bibliotecária sentada lá na frente, atrás das pilhas de livro, me olhou feio quando saí. Um apito soou quando ela voltou a atenção para o cliente no balcão. Ela estava me encarando? Paranoia e estresse pesavam em cada pensamento. Minha cabeça latejava.

Não vi o carro de Kurt no estacionamento, então mandei mensagem para ele.

Depois de cinco minutos sem resposta, liguei. O telefone tocou e tocou. Foi para a caixa postal.

— Kurt, cadê você?

Desliguei.

Não queria contar a Thanatos sobre o que estava pesquisando; senti que deveria guardar para mim. Não queria que ele soubesse o que descobri, suspeitei que ele já tinha feito a própria pesquisa há anos.

Relutante, liguei para ele. Esperava que ainda estivesse com o meu irmão, e se fosse o caso, queria que continuasse lá. O telefone dele tocou, tocou e tocou. Foi para a caixa postal também. Em vez de deixar mensagem, desliguei.

Foi quando um carro conhecido apareceu na esquina.

vinte e sete

Parei no momento em que reconheci o Buick preto: o mesmo carro que havia me pegado na estação naquele dia.

Os galhos das árvores dançavam com o vento, e minha blusa chicoteava feito uma bandeira contra o meu corpo. A janela de trás estava aberta e, de lá, tio Shawn me lançou um sorriso cheio de dentes enquanto acenava para mim.

Tio Shawn. O naga nos sapatos, ele pairando ao redor da minha família. Tinha sido ele a fazer a encomenda esse tempo todo. Hesitei por um momento. Meus pés estavam na calçada, a um metro do carro.

Jack, o motorista de Thanatos, saiu e deu a volta no capô, vindo na minha direção. Em seguida, abriu a porta e fez sinal para eu entrar.

Com meu irmão já sequestrado, eu não tinha nada a perder senão a minha vida, que já estava perdida. Pelo menos agora, antes de morrer, eu poderia descobrir por que meu tio fez o que fez. Eu merecia saber.

A escuridão do banco de trás lembrava uma caverna inexplorada, assustadora e amargamente fria. Só os joelhos do meu tio foram iluminados pela luz que se infiltrou da abertura da porta; ele já havia se arrastado para o outro lado.

Eu me abaixei e coloquei a mão na moldura da porta, em seguida inclinei a cabeça. Lutando com o vento forte, Jack bateu a barreira de metal às minhas costas.

Um silêncio gelado selou o interior a vácuo. Por puro hábito, levei a mão trêmula acima do ombro e coloquei o cinto de segurança; eu não queria olhar para tio Shawn. Então o soltei.

— Olá, Mia — disse tio Shawn, com tom formal.

Com os pelinhos da nuca eriçados, olhei para ele, destemida.

— Por quê? — exigi saber. Ele não merecia o meu medo, e eu não queria sua falsa piedade.

Meus olhos se ajustaram à escuridão do banco de trás. Meu tio nunca perdia uma oportunidade de parecer perfeito, e agora não era exceção. Ele usava um terno escuro sem nenhum amarrotado, gravata e sapatos engraxados — com o naga — combinando. Ele agiu como se ponderasse minha pergunta pela primeira vez, ou talvez tivesse ensaiado tanto aquele momento que só estava gerando suspense.

Ele levou o dedo ao queixo e se inclinou para perto de mim. Eu quis me afastar de sua presença altaneira. Mas me amontoei à porta, não havia para onde ir. Comecei a me questionar. Seria ele um Fornecedor?

— Se precisava de dinheiro, bastava pedir. O senhor é da família — murmurei.

Em que tipo de problema ele havia se metido para estar disposto a sequestrar Ben e a mim?

Ele riu com vontade, chegou até mesmo a se curvar e bater nos joelhos.

— Eu? Precisando de dinheiro? — Ele fez uma pausa. — Querida Mia, não.

Eu não entendi.

— Recebeu o meu presente? — perguntou ele.

— Presente?

Despreocupado, ele endireitou as costas e estalou os dedos.

— A câmera.

Pensei no pacote na varanda e balancei a cabeça, descrente. Ele sabia, lá na festa surpresa?

— Não veio de você.

Abriu um sorriso presunçoso.

— Foi meio que uma última refeição antes da execução. — Ele fez uma pausa. — Vamos voltar à sua pergunta.

Olhei para a grossa janela da repartição. Será que Thanatos havia me traído também? Com certeza ele sabia que eu estava ali dentro.

— Tudo se resume a seu pai e a mim. Ao que penso dele, ao que ele merece... e ao que eu mereço. — Aquela falação parecia de uma criança pirracenta que não estava conseguindo o que queria. Ele fez careta e franziu os lábios. — Katherine era minha antes de se casar com o seu pai. Quando ele a roubou de mim, passei meses arrasado. Tentei de tudo para reconquistá-la. Planejei tudinho. — Ele chegou mais perto, o bafo horroroso acariciou as minhas bochechas. — E aí eles tiveram você. E você arruinou *tudo*. — Cerrou as mãos sobre o assento. — Perder você acertaria as contas entre nós. Eu merecia uma família, não ele. Dei duro para chegar onde estou. E seu pai está murchando aqui nesse buraco, muito contente com sua vidinha perfeita. Tenho calafrios ao pensar que ele está com...

Katherine. — Ele falou o nome da minha mãe com uma alegria perversa. Meu pé ficou dormente, todo o meu corpo formigou. Tentei erguer a mão, dar um tapa no meio da cara dele, mas estava congelada. Foi quando ele adicionou: — Faz tempo que estou planejando isso, e com um empurrãozinho extra de minha parte, eles me deixaram participar.

— Eles?

— Os Sperren, é claro.

— Por favor, não machuque o Ben. — Eu precisava ter certeza de que ele só queria matar a *mim*.

Ele riu de novo.

— É claro que não vou machucar o Ben.

— O que vai fazer então? Por que não foi atrás do meu pai? Por que tudo isso? — Eu não queria dar ideias a ele, mas precisava saber que a matança terminaria em mim.

Deu de ombros e respondeu:

— Matar o meu irmão teria sido fácil demais. E agora eu acabo com fama de herói.

— Herói? — repeti, incerta.

— Serei eu a salvar seu irmão e a levá-lo para casa. Katherine será eternamente grata a mim.

Mordi o lábio, depois abri a boca. Nada saiu.

Ele acenou.

— A sua opinião não é importante.

Quando terminou de falar, já era tarde demais para eu notar sua mão esquerda se aproximar do bolso do paletó. Em meio segundo, ele enfiou um objeto brilhante em mim. Eu me esquivei, mas não a tempo de impedir que algo afiado penetrasse o meu pescoço.

Sua mão direita soltou meu ombro, e a esquerda voltou a aparecer. Ele segurava uma seringa, o homem havia injetado algo em mim.

Cocei o lugar, minhas veias estavam pegando fogo.

Devagar, tudo foi ficando preto conforme minhas costas atingiam o assento, e minha bolsa caiu no chão. Meu tio me embalou em seus braços.

Senti vontade de vomitar. Quis arrancar os olhos dele. Quis lutar. Mas meus ossos se dissolveram e meus desejos foram drenados de mim.

Ele me observou, cara a cara, até a imagem que eu tinha dele se fundir com o nada.

Acordei congelando. O ar gélido me despertou daquele coma, mas não ajudou a clarear a confusão girando pelos meus pensamentos. Minha audição estava abafada, como se eu estivesse debaixo de uma banheira com as orelhas perto do jato de água. O sabor amargo na minha boca fez ser difícil engolir minha própria saliva. No momento que o tocar na minha cabeça parou, tentei piscar a bruma para longe da minha visão.

Imagens, escuridão. Desconhecido. Borrão.

Eu conseguia enxergar sem os óculos, geralmente, mas agora era diferente. Algo se moveu. Não... ia de lá para cá ao fim de um longo túnel escuro. Pisquei de novo e balancei a cabeça, tentando focar.

O longo túnel não era mais longo. Era da mesma largura da sala. O algo que se movia era alguém, sentado joelho a joelho comigo. O tremor parou e meu corpo ficou mais quente. Um segundo depois, um clique ecoou e minhas costas aqueceram.

— Mia — sussurrou a pessoa diante de mim.

Abaixei a cabeça, encarando o piso com padronagem carmesim, tentando dar sentido àquele sonho, mas não era um. Um barulho horroroso rasgou o ar: o guinchar de alguma máquina.

— Mia — repetiu a voz, com mais força para se fazer ouvir acima do trilho metálico.

Pisquei, zonza, o rosto da pessoa se fundiu com o do tio Shawn. Por alguma razão, quis dar um soco no nariz dele. O que aconteceu no carro voltou à minha memória, e tentei afastar minhas mãos, mas não consegui.

Minhas pernas também estavam presas, igual foi na piscina, só que agora eu não estava dormente. Não, eu estava amarrada a uma cadeira de metal, e o calor à minha volta vinha das lâmpadas brilhantes dispostas de cada lado do meu rosto.

— Mia — repetiu meu tio.

— Cala a boca! — falei, por cima do barulho. — A culpa de estarmos nessa bagunça é sua. — Quando olhei para cima, a pessoa que pensei ser tio Shawn era apenas minha imaginação me pregando peças. Thanatos estava ali, também amarrado a uma cadeira.

À direita, fagulhas voavam de um dispositivo onde uma de suas irmãs estava sentada em uma cadeira, sorrindo e afiando vários instrumentos médicos; a fonte do guinchar.

As fagulhas pararam. Com delicadeza, ela colocou o bisturi sobre a mesa ao lado do amolador, depois estendeu a mão e pegou o tecido que estava embolado perto de seus pés. Eu o conhecia. Aos poucos, ela foi revelando as *minhas* facas e as tirou da bainha uma a uma. A garota me lançou uma piscadinha antes de passar a primeira na roda.

Meu círculo de visão aumentou. Sentado ao lado dela estava Kurt, também amarrado a uma cadeira.

Meus olhos se arregalaram, eu não conseguia falar. O que estava acontecendo?

A expressão dele era de puro pânico; seu rosto estava encharcado de suor, e os ombros rígidos tremiam de puro pânico.

— Mia — Thanatos repetiu sobre o barulho.

Meus olhos dispararam ao redor da masmorra de tijolos. A casa dele. O mesmo cômodo em que vi o morador de rua perecer pela mão do Sr. Sperren semana passada.

Um centímetro de água rosada cobria o chão sob as pernas da minha cadeira; um ralo entupido atestava a limpeza recente antes da minha chegada. Quis vomitar a letargia das minhas veias.

— Há quanto tempo estou apagada? — Minha garganta estava coçando e arranhando.

— Pelo menos doze horas.

— Como? — Arquejei.

A escolha de desistir era para pessoas que tinham a chance. Eu não tinha nenhuma. Se passei doze horas apagada, então hoje era aniversário de Thanatos. Nenhum de nós estava em posição de deter os planos do Sr. Sperren.

Chorosa, lembrei-me de Bennie. Virei a cabeça para a fileira de jaulas atrás de Thanatos.

A luz fez ser difícil enxergá-las. Mas, no momento que vi Bennie, ele estava igual a uma boneca de trapos, paradinho e apoiado de qualquer jeito na enorme lateral gradeada. Virei a cabeça, procurando pelo Sr. Sperren. O cômodo estava lançado em sombras, a única luz vinha dos cantos e das duas lâmpadas ao meu lado.

Bennie estava em uma das jaulas mais próximas. Com as mãozinhas apoiadas no colo, a coluna curvada, a cabeça caída para o ombro e as pernas abertas formando um V. A jaula era tão grande, e ele, tão pequeno.

Vê-lo fez um fluxo contínuo de arrepios percorrerem o meu pescoço. Era como se eu estivesse observando a mim mesma no dia em que fui sequestrada: indefesa, inconsciente e tão pequena. Eu tinha oito anos, a mesma idade dele agora.

Não consegui me segurar e gritei:

— Ben! — Mas minha voz não tinha força, e só um sussurro escapou dos meus lábios.

Lágrimas escorreram dos meus olhos, e logo as obriguei a parar.

Não eram um choro histérico em face da morte; não daria a satisfação a eles. Eu esperaria pacientemente que tudo isso acabasse. Que Kurt e Ben fossem para casa, sãos e salvos.

Persistente, Thanatos repetiu meu nome mais três vezes; o amolar das facas preenchia o ar.

— O quê? — respondi, por fim, com uma força violenta.

Ele deixou cair os ombros e projetou os cotovelos para fora o máximo que conseguia. Ele puxou com tudo, tentando se desvencilhar, mas foi em vão.

— Nenhum plano mirabolante? — perguntei, sarcástica.

Lá do lado, as fagulhas pararam de voar. A irmã de Thanatos se levantou e saiu da sala e de vista. Ela voltou com a outra, Kir, usando uma blusa larguinha.

Fora da piscina de luz, o Sr. Sperren saiu de entre as meninas.

Ele veio até nós com as mãos entrelaçadas diante do corpo. O rosto tremeluziu para a forma de caveira e voltou ao normal. Meu coração disparou.

Keres e Kir o seguiam como dois cachorrinhos obedientes; os lábios não mais formavam aquele sorriso horroroso delas. Quando a ponta dos sapatos dele roçou a poça de água turva e fedorenta, seu sorriso virou um sorrisinho pavoroso.

À minha direita, Kurt gritou com voz trêmula:

— O-o-o que está acontecendo?!

O Sr. Sperren ignorou o rompante, fixando-se na confusão molhada lá no chão.

— Como sempre afirmo eu, um ambiente limpo é propício ao odor de limpeza. Isto aqui não servirá. — Estalou a língua. — Venham, pois, comigo. Deixais os dois pombinhos a sós. — Ele apontou para nós. — Teus derradeiros cinco minutos, mais do que mereces. — Ele pausou e se virou. Então se dirigiu a Thanatos: — Se tiveste tu feito o que pedi eu, nada disso agora estaria se passando. — E baixou a voz. — A culpa a ti pertence.

Os três sumiram e a porta bateu.

— Não vai dizer nada? — indaguei.

— Mia — ele repetiu pela enésima vez, e bem quando eu estava prestes a ser sarcástica, ele continuou: — Eu falhei com você. Nem imaginei que isso aconteceria. Se eu soubesse, teria feito tudo em meu poder para impedir. Desculpa. — Ele abaixou a cabeça, derrotado.

Poder? Ele não tinha nenhum.

Um pouco de raiva ainda continuou lá quando ele parou de falar. O garoto não era o culpado por essa bagunça. Se ele tivesse culpa de algo, era de se importar demais.

— Você deveria ter me matado quando teve a chance — resmunguei.

Em um último ato desesperado, puxei os punhos contra as amarras às minhas costas, tentando libertar meus braços. Uma dor borbulhou no meu ombro, mas continuei puxando e repuxando até que, de repente, meu ombro direito desencaixou. Gritei de agonia, as pernas da minha cadeira bambearam na água, cambaleando na umidade.

— Mia! — gritou Kurt.

— Estou bem — sussurrei para ele. — Como você acabou aqui?

— Trudy — respondeu ele. — Eles deram dinheiro para ela.

Aquela filha da puta.

Nenhum de nós conseguiu se libertar.

— Thanatos. — Minha voz ficou mais forte. — Quando o seu pai voltar, você terá que dizer a ele que mudou de ideia.

Ele ergueu a cabeça devagar.

— O quê?

— Se você me matar, tem a chance de derrotá-los. — Eu precisava fazer com que ele entendesse. — Você disse que eles são mais fortes que você, que sempre estão um passo à frente.

Todos morreríamos se algo drástico não acontecesse.

— Sim, mas se eu matar você, vou me tornar um deles.

Balancei a cabeça.

— Você ainda não entendeu — falei, com paciência.

— Entendi o quê?

— Thanatos, você não é ruim. Não se transformará neles. Só precisa acreditar em si mesmo. Eu estou sempre certa, sabe? — Queria esfregar meu ombro latejante, colocá-lo no lugar. Minha garganta coçava.

— Não é bem por aí, Mia. Se fosse, talvez eu estivesse disposto a dar uma chance, mas não envolve só matar alguém. Assim que você morre, está morto... de vez. — Ele respirou fundo e desviou o olhar. — E eu *não* vou matar você...

— Não. Não. Não. Não mate a Mia — gaguejou Kurt.

Thanatos tinha razão, mas estávamos ficando sem opções.

— Pelo menos um de nós sobreviverá. Não há saída para mim, mas tem para você. Para o Kurt. Para o Bennie.

Ele balançou a cabeça, discordando, sem fazer contato visual comigo, como se as palavras que eu falava dissipassem junto com minha decisão de morrer.

— Não se eu tiver escolha — murmurou ele. — Prefiro morrer para que você não acabe morta e sem ser eu o responsável.

— Eu vou morrer de qualquer jeito! — gritei. Olhei para Kurt, cujo queixo tremia enquanto respirava com dificuldade. Seus olhos ficaram descontrolados e desfocados. Meu amigo estava tendo um colapso.

A água que antes era só uma poça havia subido; roçava a ponta das minhas sapatilhas, infiltrando vermelho por baixo das minhas unhas. A refeição tinha feito o ralo regurgitar.

Tentei não pensar naquela nojeira rosada, mais gosma que água, que tinha um cheiro tenebroso que recendia a morte e desinfetante. As lâmpadas de ambos os nossos lados brilhavam com força. Suor escorria do meu queixo. Minha camisa estava ensopada, amplificando a náusea.

— Thanatos, já sei. — O medo de morrer havia sumido, desde que todos eles sobrevivessem.

E se Thanatos estivesse errado?

E se eu não continuasse morta?

Expliquei minha teoria para ele.

— Não dá, seu coração não aguenta — protestou ele.

— Você vai ter que tentar. Eles vão voltar a qualquer momento, e quando voltarem, não teremos mais chance. Precisamos fazer isso agora.

A relutância dele era óbvia.

— Se você não aceitar, vou fazer eu mesma e nós dois morreremos. Mas se você ajudar, teremos uma chance de sair dessa. — De um jeito ou de outro, eu não deixaria ser o Sr. Sperren a me matar.

Alguns segundos se passaram e, enfim, ele aceitou.

— Tudo bem.

Primeiro, Thanatos teve que sair dali da água de uma forma que não acabasse eletrocutado, o que era difícil quando se estava atado pelos punhos e tornozelos. Assim que as pernas da cadeira se afastaram centímetros da gosma, eu só precisei ficar parada. A cadeira de metal seria o condutor perfeito... eu esperava, já que não estava muito a fim de ser eletrocutada.

— Pronto?

Se não desse certo, então eu pelo menos morreria do meu jeito.

— É agora ou nunca — incitei. Ele se balançou até a lâmpada. — Anda! — gritei baixinho, afundando os dedos no braço da cadeira, esperando que aquilo acabasse antes que minha parte sã assumisse e desse para trás.

— Não! — berrou Kurt.

— No três — disse ele. — Um.

Apertei mais forte.

— Dois.

Parei de olhar para ele, e foquei em Bennie.

— Três.

No momento que ouvi a ponta da sua bota fazer contato com o abajur, respirei fundo por puro reflexo; eu sabia que era grande a possibilidade de não dar certo, mas não queria que ele soubesse. Na minha visão periférica, o brilho caloroso passou pela minha bochecha quando as lâmpadas tombaram para frente. Fiquei parada, fitando Bennie. No momento que aquilo bateu no líquido da morte, um raio mais forte que tudo me atingiu feito um caminhão; e pensei que meus ossos fossem estalar.

vinte e oito

A sensação de leveza me libertou; sem entender o que estava acontecendo, flutuei até o teto, com o rosto voltado para baixo. Eu não tinha controle. Na minha mente, a masmorra me prendia entre esse mundo e o outro. Uma parte considerável minha queria ver o outro. O outro que não era exatamente claro, mas ela algo além daqui.

Em segundos, vi o tropeçar caótico de Thanatos, livrando-se das amarras como se não fossem nada mais que um pedacinho de grama em suas pernas e braços, e isso foi acompanhado pela compreensão de que eu estava morta.

A morte não doía.

Eu não sentia dor; meu corpo flutuava íntegro e são. A temperatura também estava confortável.

Senti paz. A mesma paz que tentei alcançar naquele dia quando ele pressionou a mão na minha. Agora era como se o segundo número da combinação do armário tivesse se encaixado. Eu estava destinada a morrer.

Observar Thanatos foi como assistir ao jornal do conforto da minha sala.

A outra sensação me puxou; refleti se devia ou não sair da masmorra. A escolha era minha.

Com um salto gigante e nada humano, Thanatos fui direto para a bagunça onde meu corpo jazia imóvel. Meus cotovelos pendiam dos pulsos queimados, o principal ponto de conexão com a cadeira de metal.

Enquanto eu flutuava, olhei para minhas mãos fantasmas; elas não estavam chamuscadas. Estavam perfeitas como o resto de mim.

Na cadeira, minha cabeça pendia em uma posição que gritava morte: meus olhos estavam abertos e a boca alinhada de forma estranha. Era como se o meu rosto tivesse congelado em um estado de choque permanente. Eu não tinha mais unhas, meus dedos gotejavam sangue.

A ilusão de não ter controle de onde eu flutuava e ao mesmo tempo ser capaz de notar cada detalhezinho me deixou tranquila, não importava o resultado. Meu sangue não fervia por raiva nem vingança.

Thanatos arrancou as amarras dos meus punhos. Com facilidade, ele me carregou até a parte menos suja do chão e me deitou lá com cuidado.

Seus punhos bateram no meu peito. Sua boca soprou oxigênio nos meus pulmões. Observei meu peito subir feito um balão. Indo e vindo, ele bombeava e soprava pelo que pareceu uma eternidade ou um segundo; o tempo não tinha controle onde eu estava. Minutos, horas, anos, séculos, tudo igual, mas não era.

Um! Dois! Três! Sopra!

O alto da cabeça dele era engraçado. Eu nunca tinha visto o garoto por esse ângulo. A vastidão do lugar estava vazia, exceto por nós, meu irmão dormia tranquilo na jaula, e Kurt não parava de balbuciar.

Um! Dois! Três! Sopra!

Um! Dois! Três! Sopra!

De repente, meu corpo leve ficou mais pesado. Meus braços formigaram de dor, meus dedos também e, ah, meu peito era pura agonia! Tudo doía. Meus pulsos queimados, os dedos sem unhas. Meu torso pesou para frente, indo para Thanatos a uma velocidade indescritível.

Com uma inspiração forte, meu peito inflou como um boneco saltando à vida.

O número final de combinações se encaixou quando a vida foi soprada para dentro de mim.

Abri os olhos e vi Keres primeiro, morta se seu corpo imóvel a meio metro de mim fosse algum indício. Desviei o olhar. Já vi morte o bastante.

Meu peito doía como se uma pedra tivesse passado horas me pressionando, cada respiração mais dolorosa que a seguinte.

Ao longe, ouvi a palavra "agacha" e olhei a tempo de ver uma jaula voar na minha direção. Eu me esquivei bem quando ela bateu na parede. O ferro quicou ao absorver o impacto, rolando ao cair no chão, quase me esmagando.

Com as mãos na cabeça, percebi que não estava mais amarrada à cadeira, mas meus tornozelos continuavam grudados onde estavam. Thanatos lutava com o pai, mãos e armas eram jogadas como uma guerra fatal de comida. Olhei por cima do ombro, e localizei os bisturis amolados espalhados pelo chão, incluindo minhas facas, mas fora do alcance.

Movimento. Tio Shawn estava amontado no canto à direita do Sr. Sperren, e usava Kurt como escudo. Meu amigo ainda estava amarrado à cadeira, indefeso.

Com um resfolegar dolorido, agarrei o peito e me arrastei pelos cotovelos para trás, com a cadeira ancorada aos meus tornozelos como uma bola de boliche. O chão gelado drenou o calor do meu corpo úmido. Lutei para chegar às facas. Minha mão direita mal alcançou a ponta do punho grosso. Com outro movimento, a agarrei e libertei meus tornozelos bem a tempo de ouvir Thanatos gritar "não!".

Em um instante, saltei para meus pés.

Ele entrou na frente da mãe, bloqueando o bisturi lançado direto para ela, deixando que a arma batesse no lado esquerdo de seu peito. Com um movimento do queixo, seus olhos viraram para mim.

Sem esperar outro segundo, peguei quatro adagas e as girei na mão. Em seguida, lancei duas lâminas afiadas na direção do Sr. Sperren ao mesmo tempo que jogava duas na do meu tio. Como consegui lançar quatro ao mesmo tempo e com tanta precisão? Nunca consegui antes.

As costas do Sr. Sperren estavam para mim; ele não parecia saber que eu estava viva. Dessa vez, ao contrário do que aconteceu no trem, minhas adagas atingiram o alvo, uma passou bem perto do alto da orelha de Kurt.

No mesmo instante, as mãos do meu tio soltaram o meu amigo e foram para o pescoço. A careta no rosto dele me dizia quem seria a pessoa a morrer essa noite.

— Não eu — articulei para ele com os lábios, à beira da risada.

O Sr. Sperren virou e seus olhos estreitaram enquanto seus dedos tateavam a adaga na sua nuca.

Corri até o corpo de tio Shawn e arranquei os punhais de seu pescoço. Sangue jorrou para o teto e seus olhos se arregalaram. Ele morreria em breve, eu tinha certeza.

— Vou ficar bem — falei para Kurt, às pressas.

Eu me virei e lancei as duas adagas usadas no meio do peito do Sr. Sperren.

Ele ergueu as mãos trêmulas e as puxou da carne. Sangue jorrou das feridas. Ele titubeou; os joelhos curvaram.

Ao longe, Thanatos tombou às costas dele.

A dor no meu peito voltou com tudo. Era o meu coração?

Com uma mão segurando o lado direito do peito, corri até lá, passando reto pelo pai dele. Meu pé escorregou, mal sendo capaz de conseguir se firmar no chão escorregadio. Olhei para o Sr. Sperren, que parecia tentar controlar o sangramento; cada toalha que ele tentava usar logo ficava encharcada por sangue marrom.

Em cima da longa mesa estava o corpo de Kir; o sangue dela drenado nos canos em que tantos infelizes haviam morrido antes.

— Thanatos! — gritei ao cair ao seu lado. A mãe dele parecia em choque, o bisturi ensanguentado havia sido tirado do peito dele e estava nas mãos dela. Em vez de segurá-lo no colo, ela o empurrou para longe e foi tropeçando até o marido moribundo.

Thanatos me olhou com o queixo trêmulo. Lágrimas brilhavam em seus olhos.

— Não. Você não vai me deixar. Ouviu? — Sacudi seu ombro.

Passei a mão por sua camisa xadrez para localizar o local da ferida. Rasguei sua blusa e pressionei o ferimento no lado esquerdo do seu peito. O mesmo lado em que a marca tatuada costumava estar. Em meio ao sangue, notei que o dragão não marcava mais a sua pele.

Seu sorriso estava fraco, seus lábios caíram para um lado. Não havia nada que eu pudesse fazer. Ele colocou a mão trêmula sobre a minha. Em todos esses anos, como era possível um único evento destruir toda a família dele?

— A chave — murmurou Thanatos.

— O quê? — perguntei.

Ele ergueu o dedo, mal sendo capaz de apontar a jaula em que Bennie estava.

— A chave... está no pescoço do meu pai. — Aquelas palavras pareceram sugar o resto de suas forças.

Mesmo com um oceano de lágrimas inundando meus olhos, eu sabia que seu olhar imóvel estava fixo no meu. Balancei a cabeça. Não querendo acreditar naquele estado horrível; ele estava bem há cinco minutos. Meu nariz escorreu, queimando por causa das lágrimas.

— Eu amo você — sussurrei.

No segundo que as palavras deixaram meus lábios, suas pupilas dilataram.

— Não morra em mim! — pranteei.

Cada palavra saía da minha boca embargada entre soluços descontrolados.

— Por favor! — arquejei. — Era para ter sido eu.

Ele tentou falar, mas não conseguiu.

Eu me inclinei para frente, aproximei a orelha de seus lábios, ansiando por suas palavras.

Um rio de sangue fluía ao nosso redor. Tanto que o sabor de ferro era palpável.

— Você me salvou, Thanatos. — Eu devia minha vida a ele, mas meu coração foi seu no momento que ele apareceu na minha vida.

Fechei os olhos, desejando do fundo da alma poder trocar de lugar com ele, exigindo que as forças superiores me escutassem, que consertassem a situação.

— Você entendeu errado! — gritei para o teto. O sangue começou a jorrar mais devagar do ferimento dele. — Não ele!

Vapor subiu de seu peito; a poça carmesim aqueceu o ambiente gélido.

Senti a mudança do seu fôlego quando o lado direito do meu peito ardeu com um último golpe de agonia.

Thanatos morreu, e sua alma me perpassou tão certo quanto o sol da manhã.

Foi quando algo estranho aconteceu.

vinte e nove

Sete seres nos envolveram em um círculo. Eles haviam se manifestado como um raio de luz, silenciosos e brilhantes. Congelei, minhas mãos ainda cobriam o ferimento de Thanatos.

Ceifadores...

Era assim que os ceifadores se pareciam... os de verdade? Humanos, um pouco translúcidos, mas inteiros com roupas peroladas e sedosas que os cobriam de cima abaixo, deixando apenas mãos, pés e cabeças expostos. Não eram anjos. Não vi asas.

Uma mulher de pele reluzente veio na minha direção com um porte que evocava respeito, poder e compreensão.

Eu conseguia sentir a virtude dela.

Enquanto ela andava, era como se eu estivesse encarando um daqueles hologramas com bordas que mudavam a figura a depender do local em que o observador estava. Bambeei, observando-a resplandecer ao se aproximar.

Ela cheirava a grama recém-cortada e à brisa antes da tempestade. O medo que senti antes de Thanatos aparecer na minha vida, com o qual fiquei tão acostumada, se foi; os ataques de pânico e ansiedade eram apenas uma lembrança.

Aquela parte da minha vida era insignificante e estava fora do alcance. Eu era mais forte agora. Menos temerosa.

Eu me encolhi quando uma mão quente envolveu a minha.

Olhei para baixo e vi os olhos de Thanatos abertos, sua camisa encharcada de sangue agora estava limpa. Ele acariciava minha mão, com vida. Ele estava vivo. O sangue ainda rodeava o chão ao nosso redor, mas não em Thanatos. A ferida em seu peito não estava mais lá, nem mesmo a pele ferida, nem a cicatriz.

No entanto, meu peito doía. O sabor de cinzas cobria a minha língua.

— Eu amo você também — falou ele, com um sorriso na voz, passando os dedos pelo meu cabelo. Inclinei a cabeça em direção ao peso de sua mão, sentindo seu toque. Eu o abracei com força, não querendo soltar, não querendo que suas palavras sumissem.

— Você está bem! — Sem afastar os olhos dele, perguntei à mulher: — Quem são vocês? — Meus dedos dormentes e sem unhas agarraram Thanatos e envolvi os braços ao redor dele.

— Nós a temos vigiado desde que pusemos tua alma no teu corpo no dia em que nascestes — a voz da mulher era mais masculina que o corpo, uma oitava mais grave que a do meu pai, e ela falou com muita segurança.

Ela se referia a mim, a Thanatos ou a nós dois?

Eu me afastei dele, mas não antes de pressionar a mão fria com firmeza em seus lábios quentes, assegurando a mim mesma de que ele estar vivo não era apenas fruto da minha imaginação.

— Não entendi — disse a ela, ainda olhando-o maravilhada. — Por que vocês estão aqui? Como é possível ele não estar morto?

Deixei de mirá-lo para olhar para ela.

— As razões não são para o seu conhecimento. Fizeste teu trabalho, e agora aquele cavalheiro fará o dele. — Cavalheiro? Ela estava falando de Thanatos? Ela falava de um jeito parecido ao do Sr. Sperren quando o conheci. A mulher apontou para Thanatos.

Eu o bloqueei com o meu corpo minguado.

Às minhas costas, a mão do garoto descansou no meu ombro.

— Mia, está tudo bem. — Ele falou como se eu pudesse entender, mas eu não entendia. Não conseguia.

— Não! — rosnei para ela. De alguma forma, lá no fundo, eu sabia que não importava o quanto protestasse, algo monumental estava prestes a acontecer, totalmente fora do meu controle. — Não foi o que eu quis dizer. — Relembrei o meu desejo. *É obra minha?*

— Não. Não funcionam assim as preces. — Ela respondeu ao meu pensamento sem que eu proferisse uma única palavra, apesar de ter substituído "desejo" por "prece", como se fosse esse o nome do que eu fiz.

— Mia, eu tenho que ir — disse Thanatos, baixinho.

Minha cabeça virou com tudo na direção dele.

— Não! Não faça isso — sussurrei... roguei.

— É isso que estou destinado a ser. Lembra de quando você disse para confiar em você, para acreditar que eu não era como eles? — Thanatos apontou para a família abatida, a mãe ajoelhada ao lado do pai morto e encarando com descrença a cena de outro mundo.

Kurt me encarava como se nunca tivesse me visto na vida.

Assenti ligeiramente, não querendo dar ouvidos, não querendo que ele falasse nem dissesse nada que significaria que ele me deixaria.

— Mas eu sou a sua lâmina.

Ele se sentou com uma facilidade absurda para alguém que esteve morto há poucos instantes. Seu rosto irrompeu em um sorriso largo, o tipo de sorriso que vi um punhado de vezes, o tipo que significava que eu estava perdendo a briga, que meus deveres de lâmina chegaram ao fim.

— Mia — disse ele, como se só estivéssemos nós ali.

Um caroço de pavor surgiu no fundo da minha garganta.

Balancei a cabeça em resposta. A conexão que eu sentia com ele, o empuxo magnético, ainda estava ali. Não tinha sumido como pensei que sumiria quando eu morresse. Envolvi cada centímetro da minha alma humana ao redor da sensação, desejando que o que ele estava prestes a fazer não acontecesse.

Algo doeu no meu peito. Ele agarrou os meus ombros e pressionou os lábios fortes nos meus patéticos; a temperatura na masmorra estava mais fria. *Eu o estava perdendo para sempre.*

A necessidade de ver seus olhos de duas cores enquanto ele me beijava, de ver os pontinhos dourados lá, de vê-lo bem e por inteiro, era intensa. Tocá-lo parecia mais do que eu poderia suportar.

O sabor chamuscado preencheu a minha garganta ao mesmo tempo que meu peito queimou.

Puxei o colarinho da minha blusa para baixo.

Na lateral do meu peito, havia a marca de um dragão. E estava brilhando com a intensidade do fogo. A marca queimou e escureceu a minha pele. *Doía!*

— Tens tu uma escolha a fazer — entoou a mulher para mim.

Minha atenção alternava entre ela e Thanatos e o novo adorno no meu peito.

— Que escolha? — perguntei, ao olhar para cima.

— Venha conosco, lâmina.

Virei a cabeça ao redor.

— O quê? Não! — Eu não podia deixar Bennie. Não podia deixar a minha família. Por que ela estava me pedindo isso?

— Todos têm uma escolha; esta é a sua. Por ora — disse ela.

Se eu fosse com eles, tinha a sensação de que não poderia ficar com Thanatos. Estar com ele para sempre.

Minha mente disparou, buscando a resposta certa.

Os segundos se passaram.

Com tom incerto, falei:

— Não posso.

Os dedos de Thanatos apertaram os meus, um poder correu pela minha palma. O poder dele. Eu o soltei na hora. O fogo no meu peito se acalmou.

— Sinto muito — falei, com voz trêmula.

— Está tudo bem, Mia. — A resposta firme e tranquilizadora pareceu cálida, mas não aliviou a dor e a confusão dentro de mim.

— Thanatos, está na hora — disse a mulher.

Precisávamos de mais tempo!

Palavras vis circularam pela minha cabeça, só uma fração do que eu queria gritar para quem quer que fosse ela. Sem dar a mínima para as imprecações, ela respondeu à minha primeira pergunta.

— Não somos nós ceifadores. Somos semeadores. Colocamos almas em seu lugar de direito. A quantidade de energia que foi espalhada hoje não passará despercebida. A morte de Mott Sperren trará repercussões. — Atrás dela, um dos outros semeadores tinha uma semelhança assustadora com o P Doidão, o cara que sempre ficava debaixo da ponte perto da minha casa. Idêntico a ele, só faltava a planta.

Foi quando eu soube. Eles estavam me observando há meses. Anos.

Olhei para Thanatos.

A alma dele se aprofundou ainda mais em seus olhos, então ressurgiram na minha. Não consegui afastar o olhar. Apoiei as mãos nas suas bochechas e me inclinei para frente. Toquei a ponta do nariz no dele. Eu o inspirei com ardor e pressionei os lábios com força nos seus. Meu coração acelerou com o desconhecido que estava prestes a acontecer.

Sua mão esquerda acariciou o meu pescoço, respirei fundo com os olhos fechados, querendo manter aquele momento para sempre na mente. Sua boca quente se abriu e seus dedos prenderam o meu cabelo.

— Eu vou te amar para sempre. E vou estar observando — sussurrou, com um pouco de pesar.

— Eu te amo também — falei, baixinho.

Olhei para Ben e Kurt e, quando virei o rosto, Thanatos tinha ido. Os semeadores sumiram também. Meu coração desabou.

Eu caí no chão.

Meus dedos cravaram o chão gelado. A dor nas pontas sem unhas correu para os meus braços. Um prazer horrendo me percorreu. Olhei para o dragão e virei as mãos, examinando as palmas. Poder irradiava delas.

A onda de *morte* me firmou.

Eu não estava de óculos e, ainda assim, minha visão estava perfeita. Encarei a marca fervilhando no meu peito. Foi quando eu soube por que estava ali, por que estava viva, por que não fui embora com Thanatos. Eu o amava, e ninguém poderia mudar isso.

Mas uma leveza se elevou da minha alma com o novo e decisivo destino: a determinação de matar cada Fornecedor se incutiu nas fibras dos meus ossos assassinos.

Mãos e facas: as minhas armas. Meu destino foi inflamado pela marca.

"A fúria de um demônio me possuiu instantaneamente. Eu não me conhecia mais. Minha alma original pareceu, de uma só vez, alçar voo do meu corpo; e uma malevolência mais que diabólica, nutrida por gim, excitava cada fibra do meu corpo."
– Edgar Allan Poe.

A The Gift Box é uma editora brasileira, com publicações de autores nacionais e estrangeiros, que surgiu no mercado em janeiro de 2018. Nossos livros estão sempre entre os mais vendidos da Amazon e já receberam diversos destaques em blogs literários e na própria Amazon.

Somos uma empresa jovem, cheia de energia e paixão pela literatura de romance e queremos incentivar cada vez mais a leitura e o crescimento de nossos autores e parceiros.

Acompanhe a The Gift Box nas redes sociais para ficar por dentro de todas as novidades.

 www.thegiftboxbr.com

 /thegiftboxbr.com

 @thegiftboxbr

 @GiftBoxEditora

Impressão e acabamento